People-to-people Connectivity

STORIES ALONG
THE BELT AND ROAD

第一辑

「一带一路」

民心相通

徐绿平◎主编

刘路军 范桂芬◎副主编

 当代世界出版社
THE CONTEMPORARY WORLD PRESS

序

让民心相通助力 "一带一路" 建设行稳致远

中共中央对外联络部部长　宋涛

当今世界正在经历百年未有之大变局，全球性挑战此起彼伏，各国命运紧紧相连。站在推动人类社会共同发展进步的高度，习近平总书记于2013年创造性地提出"一带一路"的伟大倡议，推动同世界各国共绘发展蓝图、共创发展机遇、共享发展成果。"任重道远，行则必达。"在习近平总书记直接关心、亲自推动下，"一带一路"建设日益走深走实，焕发出勃勃生机，展现出光明前景。实践证明，"一带一路"建设根植历史、面向未来，源自中国、惠及世界，得到越来越多国家和人民的充分认可、大力支持和积极参与。

习近平总书记深刻指出，"民心相通是'一带一路'建设的重要内容，也是'一带一路'建设的人文基础"。我们推进"一带一路"建设，就是为了让中国和各国老百姓都过上好日子，让中外人民手相牵、心相连、情相通。我们欣喜地看到，七年来，"一带一路"建设开展到哪里，民心工程就推进到哪里，民间交流就拓展到哪里。民心相通工作扎实推进，取得明显成效和累累硕果。两届"一带一路"国际合作高峰论坛民心相通分论坛成功举行，成为展示成果、擘画愿景、引领发展的高端平台，构建起沿线各国政企社民广泛参与的良好态势。依托政党、社团、媒体、智库、企业等多类主体，"一带一路"智库合作联盟、新闻合作联盟、高校战略联盟、工商协会联盟等集中涌现，为开展中外民间机制化交流提供了良好媒介。在"丝路一家亲"框架下大力开展民生合作，教育、文化、农业、旅游、公益慈善等多个领域亮点纷呈，"幸福家园""爱心助困""康复助医""微笑儿童"等项目深受沿线国家民众欢迎。可以说，民心相通工作的持续深入，增强了各国民众的参与感、获得感、幸福感，也为推进"一带一路"建设和构建人类命运共同体谱写了主旋律、注入了正能量。

"众人拾柴火焰高"，民心相通工作取得重要进展和成效，是国内各地方各部门通力合作的结果。七年来，各地方各部门着眼大局、主动谋划，加强政策支持和服务保障，积极发挥自身特色和优势，广泛搭建多领域、多层次、多形式工作格局，为增进民心相通发挥了不可或缺的重要作用。同时，社会组织的骨干力量地位日益凸显，以中国民间组织国际交流促进会为代表的数百家中国社会组织踊跃投身民心相通工作，实施了大批人文交流和民生公益项目，为厚植"一带一路"民意基础作出了重要贡献。在这一过程中，涌现出大量朴实无华的动人故事。这些故事就像是"一带一路"沿线的熠熠星光，它们汇聚、交融在一起，点亮并温暖了我们共同生活的家园。中国民间组织国际交流促进会将这些故事收集起来并编辑出版，是一件很有意义的事情。透过这些故事，我们能更深刻地感受到"一带一路"建设的温度、广度和深度，感受到中外民众之间最真切的情感、理念和价值。

"人之相知，贵在知心。"民心相通架设中外人民心心相印之桥、铺就各国人民心灵交融之路，是最基础、最坚实、最持久的互联互通，是"一带一路"建设的根基。让我们携起手来，牢记习近平总书记的重托和殷切期望，为增进民心相通工作作出更大贡献，推动"一带一路"建设取得更大成就、结出更多硕果、造福更多民众。

目录 Contents

第一编 拉紧情感纽带

"'一带一路'建设承载着我们对和平安宁的期盼，将成为拉近国家间关系的纽带，让各国人民守望相助，各国互尊互信，共同打造和谐家园，建设和平世界。"

——习近平主席在第一届"一带一路"国际合作高峰论坛欢迎宴会上的祝酒辞（2017年5月14日，北京）

泰国洞穴救援纪实

　　当与你不曾相识的陌生人遭遇危险，而远赴异国他乡的营救注定困难重重，甚至连自身安全也无法保证时，你会做出什么样的选择？在中国，有这样一支民间救援队，他们用实际行动诠释了什么叫大义凛然、大爱无疆，他们跨越国界的无私营救，见证了生命的奇迹，也生动诠释了中泰一家亲。

时间就是生命

"亚辉，我们确定参加泰国洞穴救援行动，请做好准备，我们最快今天晚上就出发。"

我叫周亚辉，自2008年志愿参加汶川地震救援后，就成了一名民间应急救援志愿者，参与过大大小小的救援上百起。2018年6月29日，在接到北京平澜公益基金会的电话后，我们正式启动了泰国少年足球队洞穴救援行动。

泰国"野猪"少年足球队的13个孩子被困在洞穴里已经有六天了。因为正逢当地雨季，几天来一直大雨连绵，不断上涨的水位已经把洞口淹没，洞道完全被水灌满。泰国政府尝试了各种办法，但是没有取得实质性进展，所以才决定向国际社会寻求帮助。

我们是专业救援队员，更明白"时间就是生命"的道理，眼看黄金救援时间就要过去了，孩子们生死未卜，我们心急如焚。所以，收到救援请求后，我们立刻整理行装，前往支援！

遭遇难题

到达救援现场后，我们马上到泰国军方指挥部报到，与泰方和相继到来的美国空军伞降搜救队、澳大利亚特警救援队以及多国救援人员一起分析现场情况，讨论救援方案。

很快，指挥部派出几名世界顶尖的洞穴潜水专家到前方寻找道路，布设路线绳，寻找孩子们所在的洞厅。但是，洞穴条件恶劣，水位高、

▲周亚辉讲解救援方案

水流大、路程长，进出一趟就有数公里，潜水专家所能携带的气瓶数量不足以支撑他们向更深处前进，这就需要不断把气瓶运进去以供他们更换使用。

按照预先的方案，一名潜水员一次最多只能携带四只潜水气瓶（每只气瓶重达十七八公斤），完成一趟运输工作再返回洞口需要九个小时，而最终只能运进去一瓶气，因为另外三瓶在运输过程中消耗掉了。

泰国政府在全国征集的200只气瓶将于次日运到营地，如何快速把这些气瓶运输到洞穴深处成为影响救援进度的关键。

迎难而上

美、澳、中、泰四方经过讨论协商，制定了全新的方案：所有国际

救援队的潜水员分组进洞,每组负责值守一段特定区域,救援物资经逐人传递运输至洞穴深处。这样做虽然高效,但是要有大量人员冒着风险潜水进入洞穴,大雨和暴涨的水位随时可能会让救援人员陷入险境。和美方、澳方一样,我们也没有在这样的洞穴内部潜水的经验,但是为了那13个孩子,我们义不容辞。

第二天天还没亮行动就开始了。我们团队的四名潜水员分成两组进洞,开始潜水作业。一下水,水里裹挟的泥沙就让人什么都看不见了,一切都靠摸。洞穴内部地形复杂,忽上忽下,时宽时窄,里面还有大量通向洞穴深处的绳索和管线,我们携带着将近50公斤的救援装备,既要顶住强劲的水流,又要设法绕开这些障碍物,时而需要潜水,时而需要游泳,时而需要蹚水,时而需要在岩石上攀爬,难度可想而知。所有人员就位后,气瓶和其他装备开始源源不断地运进来,每次都重达几十

▼周亚辉和队友龚晖在洞内行进

公斤。有的人被水下的石头撞伤，有的人体力透支，但大家始终坚守岗位，从早上九点一直干到下午四点，终于完成了第一天的运输任务。

　　救援在继续，难度也在增加。洞穴深处有一处"小山"，高数十米，长几百米，周围路况异常艰险，山路高低起伏，地面湿滑泥泞，救援物资通过这个路段的效率极低，大批装备都滞留在这里。得知我们有应用绳索技术的特长，泰方想请我们在洞内搭建绳索系统以便运输装备。收到请求后，我们毫不犹豫，马上携带绳索技术装备再次潜入洞穴。

▼中方及泰方、美方绳索作业人员

经过一整天的努力，我们与泰国军方一起搭建、改进了五条溜索系统，确保了物资可以通过这些系统快速翻越"小山"，既高效又安全。

创造奇迹

得益于集中运输进去的大量气瓶，洞穴潜水专家们快速向深处推进。就在当天晚上，他们在距离洞口四公里的一处高地发现了孩子们。令人欣喜的是，所有孩子都在，而且健康状况良好。此时距离他们被困已经十天了。得知这个好消息后，泰国全国都沸腾了！

虽然孩子们还活着，但是想要带他们安全出去并不简单。水还没有消退，要想出去必须经过潜水路段，而有的孩子连游泳都不会，更别提潜水了。对这种情况，世界上还没有成功救援的先例。如何能让孩子们安全地通过潜水路段，成为摆在指挥部面前的难题。

经过反复研究，指挥部最终确定了救援方案。整个营救计划分三天完成。由于孩子们不可能在短时间内学会洞穴潜水，为了安全，指挥部决定对孩子们进行麻醉，然后将其和呼吸气瓶一起固定在担架上，再由救援人员运出。我们和泰、美、澳方一起，每天都在为最后的行动做着准备，并发挥自身绳索专业特长，不断地进洞完善路绳系统和溜索系统。

由于每天从早到晚都泡在浑水里，队员们身体逐渐出现了问题：几个主力队员的脚部大面积溃烂、发炎，每走一步都会钻心疼痛；有的队员出现了肠胃不适；有的队员开始发烧。但是营救行动不能耽搁，如果掉队就会影响整个行动进度，所有队员们都咬牙坚持，谁也不愿

▲ 运输被困少年

意退出。

　　随着时间一分一秒的流逝，洞内空气含氧量也在不断下降，新的雨季即将到来，已经到了把孩子们营救出去的最后时刻。在所有救援人员的通力协作下，后面的营救行动异常顺利，第一天四个孩子被成功救出，而且生命体征良好；第二天又有四个孩子被成功救出；第三天最后五个孩子也被成功救出！由于承担着给所有人员提供绳索保障的任务，中国救援队最后撤出洞穴。我们出洞的时候已经是晚上十点，但所有国家的指挥官、救援人员都在现场等候着我们，他们用热烈的掌声和热情的拥抱迎接我们，"GOOD JOB！""THANKS！"我们相互握手、彼此祝贺。在数千名救援人员的共同努力下，这项前所未有、看似不可能完成的任务终于完成，13个孩子在被困18天后全部成功获

救，创造了世界洞穴潜水救援史上的奇迹！

亲如一家

救援期间，泰国各界对救援人员给予鼎力支持，无偿为我们提供各种服务和帮助。一天，我们正走在前往救援营地的路上，迎面走过来一位泰国志愿者，提着两大兜子饭菜，问："你们是中国救援队吗？这是给你们准备的素食。"我们很奇怪，救援需要高热量的食物，为什么要给我们素食？但是对方太热情，一直说没有弄错，我们只好先收下。没想到走到营地后接二连三地有志愿者给我们送来精致的素食，多到我们完全吃不了，弄得我们哭笑不得。后来经过打听，我们才弄清楚原委。原来另一个区域有一名中国志愿者是素食者，他只是简单地问了一句有没有素食，就被泰方人员记住了，甚至还上了报纸："中国救援队不远万里来帮助我们，想吃素食却得不到满足！"于是泰国民众以为中国救援队员都爱吃素食，结果第二天很多人都准备了素食，见到中国救援队就送。经过解释，误会终于消除了，我们恢复了正常的饮食，而泰国民众的热情，着实让我们感动。

救援结束后，泰国王室、政府和广大民众用多种方式对救援队表示感谢。当天在清莱街头随处可见描绘这次救援行动的巨幅漫画。在漫画中，中国救援队化身成一只熊猫，守护着13只小野猪。我们感到，能用自己的行动拉近两国人民的距离，很欣慰，也很自豪！

（周亚辉）

爱在印尼 幸福飞翔

　　九月的雅加达依然暑热难耐，窗外的葡萄藤架被一阵热浪卷过，绿莹莹的叶子沙沙作响，似是在低声讨论着什么热闹的事。此时此刻，印尼女孩菲欧攥着白玫瑰花束的手心被汗水浸湿，内心满是幸福的期待。她从来没有像今天这样紧张过，长长的睫毛轻轻颤了颤，视线落到墙壁上的挂钟表盘上，再过十分钟，婚礼就要正式开始，她将和那个来自中国湖北的男孩携手步入婚姻的殿堂。

"丝路"织情缘

这段"一带一路"上的跨国之恋缘起于中国葛洲坝集团有限公司承建的印度尼西亚塔卡拉燃煤电站项目。2013年，湖北小伙子方夏硕士毕业，应聘来到了中国葛洲坝集团有限公司下属的葛洲坝国际公司。次年年初，他远赴"千岛之国"印度尼西亚。在那里，他遇到了菲欧。

起初，方夏不太习惯当地人的英语发音，自己也羞于开口讲英语，觉得和当地人沟通交流很困难，很多工作难以开展。但是当地人的热情好客慢慢地改变着他，他喜欢上和他们交流，也开始在网上学习印尼语，一有空闲就去找厨师和司机聊天，从他们那里了解当地的语言、文化和生活习惯。

在国际产能合作中，"劳务属地化"是潮流。除了像方夏这样的中国人，集团雇佣了大量的印尼当地员工，这为来自不同国家的年轻人提供了相遇相知的机会。

菲欧是2015年应聘进入项目部的大学生。她性格外向，喜欢和大家交谈，很快就跟中国同事们熟络起来。有段时间，不少同事经常出去开会，项目部就剩下她和方夏两人。他们俩经常在一起商量工作，一起聊天，讨论中印尼文化的差异。方夏还经常向菲欧请教学习印尼语遇到的问题，两人渐渐变得熟悉起来。

▲印度尼西亚塔卡拉燃煤电站项目厂区

相识到相知

后来发生的一件小事，让方夏对菲欧留下了深刻印象。一次，方夏请菲欧帮忙去缴纳车税，可一个多礼拜过去了，迟迟没有回音，方夏有些着急。

这天中午，方夏收到菲欧的短信："我在车管所，没有带吃的，你能帮我送点吃的吗？"虽然有些摸不着头脑，但方夏还是放下手头工作，匆匆赶往车管所。来到车管所，方夏老远便看见大厅内外黑压压的全是人。走近一看，办公窗口没开几个，现场乱成了一锅粥。在人群里搜寻了很久，方夏才在一个角落里看见瘦小的菲欧，她额前的碎发早已被汗水浸湿，显得十分疲惫。

方夏快步上前，眼里满是关切地问道："身体不舒服吗？我给你带了吃的，先吃点吧。"说着，他从背包里拿出饭盒。接过方夏递过来的饭盒，菲欧心中一暖，有些感动，向他解释了事情的来龙去脉。原来，刚才菲欧好不容易排到窗口，但由于他们前期准备的资料不全，工作人员不愿受理，一上午的工夫全白费了。

▲方夏（右）和菲欧（左）在项目现场

看着菲欧一脸懊恼的神色，方夏对她说："我们先吃饭，交车税的事回头再办理。"回到办公室后，方夏帮着菲欧一起找资料，把准备工作都提前做好了，第二次去终于顺利交了税。

菲欧一直很喜欢中国文化，高中时就选修过汉语，工作后也一直请老师给她补习。后来学习汉语的事因汉语老师出国留学而耽搁了下来。见菲欧和方夏熟络起来，同事们建议方夏当她的汉语老师。在同事们的鼓励下，菲欧诚恳地请求方夏帮忙，方夏爽快地答应了。

菲欧的家离项目部非常远，路上经常堵车，所以她坚持每天早上四点起床，六点到办公室，利用上班前的两个小时学习汉语。就这样持续了一个月，两个年轻人朝夕相处，虽然很辛苦但收获颇丰。

但不久，方夏却接到通知，要被调到另一个项目组。即将分开了，两人都有点儿失落。那几天正好是开斋节假期，当地员工放长假，中方人员照常上班。菲欧突然没了"老师"，方夏也见不到"学生"，心里都感觉好像少了些什么。

一个周末，菲欧邀请方夏去她家做客，方夏欣然前往。那两天，他

▲方夏（左）带菲欧（右）参观天安门

们一起去了很多地方。菲欧的家人也热情款待方夏这个来自中国的小伙子。

他们一路开车。菲欧跟着广播唱歌，看着窗外的碧海蓝天，感受着温馨的海风。那一刻，方夏开心极了。他感到自己已经被这个开朗快乐的女孩深深吸引。回到雅加达，他鼓起勇气向她表白，两个人就这样走在了一起。

认识菲欧后，方夏更深入地学习了当地语言和文化，而随着沟通的深入和感情的建立，文化的障碍和鸿沟在俩人之间无声无息地消融了。

情定雅加达

异国恋情往往会有一些波折，这对年轻情侣也遇到一件烦心事。菲欧的父母反对他们在一起。想到女儿要远嫁中国，担心自己老无所依，菲欧的父母劝菲欧不要和方夏走得太近。每次把这些事情告诉方夏时，菲欧总是忍不住落泪。

可怜天下父母心。方夏非常理解菲欧父母的这些担忧，菲欧父母的反对，同样也是方夏要面对的问题。方夏的父母也不止一次问他，如果和菲欧结婚，以后交流会不会有问题？孩子国籍如何解决？工作的重心如何选择？

方夏没有告诉菲欧这些事。他知道她的父母给她的压力已经够大

了。他坚信，如果他们能够理性考虑自己的选择，并且坚持下去，父母一定会支持的。他耐心地做着父母的思想工作，父母的态度逐渐缓和。

2015年12月底，公司组织外籍员工到中国培训，方夏申请休假，和菲欧一起回到中国。方夏的父母第一次见到了菲欧，觉得菲欧性格温和，汉语流畅，交流不存在问题，终于松了一口气。

随着时间的推移，方夏的父母了解了更多跨国婚姻的美满故事，他们的态度也慢慢转变，觉得这或许就是老天最好的安排。既然工作生活两不误，找个"洋媳妇"也不错，菲欧的父母也希望菲欧能到中国留学，学好汉语。天下的父母都是为子女着想，最终菲欧的父母同意了女儿的选择。

事业爱情结硕果。2017年9月，方夏与菲欧的这段跨国恋情终于在雅加达修成正果。2019年1月，菲欧获得了"葛洲坝国际公司十大优秀外籍员工"称号。同年秋天，他们的第一个孩子出生了。

（张敏 谭萌）

印度青年的中国情

鲁班工坊，是中国优秀职业技术和职业文化走向世界的一个靓丽品牌。它在"一带一路"沿线国家开展职业培训，为当地培养急需的高级技术技能人才，它不仅让接受培训者受益，也积极推动了当地职业教育水平的提升和经济社会发展，受到普遍欢迎。

感受"大国工匠"的魅力

2017年12月8日，由天津轻工职业技术学院、天津机电职业技术学院共同建立的印度鲁班工坊在印度金奈理工学院正式揭牌成立。来自印度金奈理工学院二年级的学生艾利克斯成为其第一批学员之一。

回想起初次来到鲁班工坊实训室的场景，艾利克斯仍然难掩心中的喜悦之情。"鲁班工坊建成后，老师带我们来这里参观。我看到了从没见过的设备，当时就想以后一定要来这里学习。"

印度鲁班工坊实训区的实训装备都是来自中国全国职业院校技能大赛赛项的先进装备，有新能源技术实训设备、工业机器人技术实训设备、数控技术设备、3D打印设备、工程实践创新项目设备以及新能源汽车技术设备等，代表着中国装备制造的先进水平。

"工欲善其事，必先利其器"，掌握一门技术、活用一套装备的前提是拥有扎实的理论知识。印度鲁班工坊不仅带来了先进的装备，也带来了科学系统的理论教学方法和国际化教材。这些装备和教学理论让艾利克斯和他的同学们惊叹不已。

体验"匠人匠心"的淬炼

艾利克斯的专业方向是工业机器人技术。一开始，由于缺少相关专业基础，在工业机器人程序编制、机器人自动线安装调试与维护等专业知识的学习上，艾利克斯并不能充分理解老师讲授的内容。理论知识的不足，也使他难以熟练掌握设备的使用方法。为此，艾利克斯很苦恼，甚至产生放弃的念头。但看着这么先进的设备，回想起初到鲁班工坊时的心情，艾利克斯又不甘心。

这时，指导老师找到了他。"鲁班工坊的设备都是目前中国非常先进的设备，学会了这些设备的操作，将来就业范围就大大拓展了，这将为你提供更多机会。学习过程虽然很难，但是有价值。"指导老师的一席话点醒了艾利克斯，他克服畏难情绪，又全身心投入到学习中。

课余时间，艾利克斯主动向老师请教，拿出"打破砂锅问到底"的劲头，不放过任何一个知识盲点，逐渐弄清了工业机器人技术的基础原理。实训时，艾利克斯把握好每一次实际操作的机会，反复练习，深化对理论知识的理解。经过不懈努力，艾利克斯终于适应了鲁班工坊的学习节奏，学习成绩名列前茅。

领悟精益求精的"工匠精神"

2018年5月，由于专业学习表现优异，艾利克斯作为印度鲁班工坊代表队的成员之一，受邀来中国参加全国职业院校技能大赛国际邀请赛。对于艾利克斯而言，能来中国参加比赛是对自己学习成绩的肯定，因此他十分看重这次机会。"知道要来中国比赛，心里特别兴奋，但是也很担心，因为对手是中国学生，他们比我们更熟悉设备和环境。"考虑到印度学生缺乏在中国参赛的经验，中方合作院校特别为他们安排了赛前培训。

赛前培训期间，艾利克斯每天和中方培训教师、学生志愿者在一起，

▲艾利克斯和中国学生志愿者及当地学员聚餐

彼此建立了深厚的友谊。"这里用的设备和我们在印度用的一模一样，在印度鲁班工坊学习的理论知识也能很好地在这里实践。"

训练中的一个细节让艾利克斯印象十分深刻。中方指导老师对操作规范要求十分严格，近乎苛刻。只要有一个步骤不符合操作规范，就不予通过。这让艾利克斯十分不解。"老师，规定任务已经完成了，为什么结果还是不合格呢？"在一次训练过程中，艾利克斯忍不住提出了疑问。

对于艾利克斯的不解，中方指导老师耐心地解释说："在比赛中完成任务固然重要，但是我们更看重规范严谨地操作每一个步骤和这背后体现的专业精神，这也是我们完成任务的关键。也许你觉得一次不规范操作并没有对比赛结果造成影响，但是一旦应用到实际中，就可能会造成设备运行失败，甚至出现事故，后果不堪设想。我们每一次

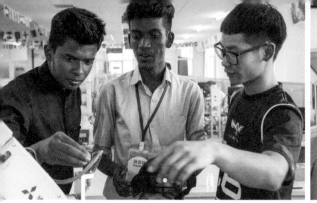

▲艾利克斯（中）与当地学员进行赛前训练

训练不单纯是为了准备比赛，更是为你们将来真正走上工作岗位做准备。我们不单单希望你们掌握技术，更要有专业精神，有严谨规范、精益求精的'工匠精神'。"听完这番解释，艾利克斯被深深地触动了，没想到这些细节背后竟然蕴含着如此深意，这让他对中国技术和中国职业教育有了全新的认识。

功夫不负有心人。经过赛前培训，艾利克斯所在的印度鲁班工坊代表队准备充分，在赛场上与来自中国、俄罗斯、卢旺达、缅甸、刚果（布）、老挝、巴基斯坦7个国家的74支代表队展开激烈角逐，最终夺得了机电一体化赛项（高职组）的优胜奖。

成就优秀"鲁班"工匠

回国后，艾利克斯继续在鲁班工坊学习，磨练技术，成为了学校技术标兵。他还把在中国学习、参赛的经历以及所见所闻分享给在鲁班工坊的伙伴们，使他们对中国技术更有信心，对"中国制造"的理念和精神更加认同。在鲁班工坊，艾利克斯和他的伙伴们逐渐找到了成就职业梦想的道路。

2018年12月20—21日，首届"中国—印度职业教育合作论坛"

▲艾利克斯（中）在"中国—印度职业教育合作论坛"上发言

在印度新德里举行，这是中印高级别人文交流机制首次会议的配套活动。艾利克斯作为印度鲁班工坊优秀学员代表在论坛上发言，他动情地说："鲁班工坊把先进的设备和知识带到了印度，使更多像我一样的印度年轻人能够掌握先进的技术，帮助我们找到理想的工作，我爱天津，我爱中国！"

（张如意）

爱上义乌的澳大利亚小伙子

　　西蒙，来自澳大利亚布里斯班，先后在义乌从事红酒进口贸易和食品包装出口生意，是定居多年的"新义乌人"。义乌见证了他事业的起步，也让他收获了珍贵的记忆和幸福的生活。西蒙的人生与命运，与这座中国城市紧紧相连。

自豪的"新义乌人"

"回澳洲一个月，再回到义乌，就会发现这里的新变化。义乌的发展真是太神奇了，这也是我离不开这座城市的原因。"2019年8月的一天，坐在雪峰银座的办公室内，西蒙一边喝咖啡一边说道。

▲西蒙在义乌雪峰银座的办公室

随着义乌市场的发展，每天都有不计其数的外国客商来到义乌，将义乌的小商品销往世界各地。来到这片土地后，他们被义乌浓郁的商业氛围和独特的风土人情深深地吸引住了，有些人便决定留下来，扎根义乌。西蒙就是其中之一。

在他办公桌的正对面，是一扇大大的落地窗，透过窗户，可以俯瞰整个风景秀丽的绣湖公园。这是他当初一眼相中这里的缘由。自从

▼绣湖公园

2005 年定居义乌以来，西蒙就一直在这里办公。"随着义乌城市化的快速发展，再过不久，对面将有更多的高楼拔地而起。"说话间，总是称自己是"新义乌人"的西蒙透出自豪。

虽然他的普通话说得还不流利，却能说上几句地道的义乌话。"我在义乌待了 16 年，我会一直待下去。"西蒙说。

遍地的商机让他决定驻留

来中国前，西蒙主要帮助父母管理着三家商店。随着越来越多的中国商品进入澳大利亚，西蒙一家看到了物美价廉的中国商品背后的商机。

于是，在 2003 年，西蒙和他的父亲开始了他们的第一次中国之行。他们来到义乌，在一个星期里，走访了当地的篁园市场、宾王市场和周边很多地方。琳琅满目、价廉物美的商品让他们觉得找到了"宝藏"。"我们想要的这里都有，真是太棒了！"回想初到义乌时的情景，西蒙依然难掩激动之情。

▲中国国际电视台在义乌采访西蒙（左一）与其他外国企业家

此后，西蒙就成了义乌的常客，每年都会往返三四趟，每次都会带走成批的货物。随着来往的货品越来越多，难免会出现一些生意纠纷。为了解决这个问题，西蒙的父亲对他说："不如你去义乌待三个月，专门负责货物采购、检验和发货。"

2005 年，27 岁的西蒙开始了在义乌

的工作和生活。那时候,西蒙白天忙做生意,晚上就去咖啡厅或者餐厅坐坐。澳大利亚地广人稀,生活比较单调,能够和朋友聚会的机会并不多。西蒙说,中国非常热闹,最重要的是,这里遍地是商机。没过多久,他就爱上了这种忙碌而充实的生活。

"我看到很多外国人在义乌采购商品时,会和我们一样碰到各种各样的问题。我在这方面比较有经验,可以帮助他们验货,也可以帮助他们同中方沟通和协调。"

三个月后,西蒙就给父亲打电话说自己"决定留在义乌"。那年,西蒙在雪峰银座租了一套公寓作办公室,成了这里最早的客商之一。

事业与爱情让他扎根留下

"越来越多的朋友知道我住在中国,我渐渐成了大家在中国的'代言人'。"西蒙说。

几年前,西蒙得知一位朋友的父亲想要开拓中国红酒市场,便向他推荐了义乌。"在义乌这么多年,我认识许多开餐厅的老板,可以帮助朋友进入义乌市场。"西蒙说,"我第一次牵头举办品酒会就取得了成功,顺理成章地成为了澳大利亚这个有机红酒品牌的义乌推广人。"西蒙白天忙于联络从澳大利亚的红酒工厂进货和追踪物流,晚上十点还常常在给各个餐厅配送红酒。

对于西蒙来说,义乌这座城市带给他的不仅是事业的成功,还有美满的爱情。西蒙的妻子是舟山人,在义乌开了一家外贸公司。两个原本很难有交集的男女,却在义乌相遇、相知、相爱,并有了爱情的结晶。

这样的缘分，也让西蒙对义乌平添了几分感情。

2019 年年初，西蒙的第二个孩子出生，西蒙打算多抽出时间陪伴家人，就放弃了红酒生意，专注于出口食品包装业务。凭借多年在市场上跑货的经验，西蒙顺利地联系到了宁波、苏州、汕头等地的食品包装加工工厂，这些工厂用的都是符合环保标准的食品包装产品。西蒙通过微信与工厂联系，将这些工厂的产品发往澳大利亚的超市、餐厅等。

西蒙说，自己打算扩大出口，将这些工厂的产品发往使用频率更高的美国、法国等地。2019 年，西蒙回到澳大利亚参加了当地的一个美食展览会，学习不同的食品包装技术，了解更多的食品性能，为自己下一步的事业做准备。

▼义乌城市夜景

美妙人生经历让他与它紧密相连

现在，西蒙每年有近十个月的时间在义乌度过，只有在春节才会回澳大利亚看望自己的父母。每一次重新回到义乌，都会发现不一样的地方。一栋栋高楼拔地而起，让他兴奋不已。"最近我每天都带孩子去南山公园后面的游泳池游泳。周末也会和朋友们约好带孩子去公园玩，骆宾王公园实在太漂亮了！"

2016年，西蒙加入了"世界商人之家"。西蒙说："我的朋友告诉我，这是我们外国人在义乌共同的家。我们有任何关于义乌发展的想法，都可以通过这个组织来表达。我还加入了其中的英式橄榄球队，大家会经常聚会。球队共有20多名队员，来自南非、法国、美国、印度、摩洛哥等国家。球队定期训练，我们还会参加每月一次的外出比赛。即使成绩一般，但只要大家在一起团结协作就很开心！"

▲西蒙（前排右二）和英式橄榄球队队友们

不仅如此，西蒙还在义乌尝试了很多有趣的人生体验：比如当外教，还经义乌朋友介绍去横店当群众演员。"如果没有来中国，我就不会认识那么多来自世界各地的朋友，大概就会按部就班地接手父母的生意，然后结婚生子，按部就班过一辈子。那么，我就很难拥有这些美妙经历。希望义乌能越来越好，我要为义乌的发展贡献更多力量。"

（王婷 何静瑶）

蓝天救援队驰援老挝纪实

蓝天救援队，一支多年战斗在国际救援前线的中国民间救援力量，在一次次艰险重重的救援中，用行动诠释着人道、博爱、奉献的志愿精神。在2018年老挝的那场突如其来的洪灾现场，蓝天救援队再次兑现了"危机面前拯救生命"的誓言，也诠释了灾难面前中老两国人民手挽手、心连心的情谊。

昼夜兼程，奔向阿速坡

2018年7月23日晚，老挝阿速坡省萨南赛县水库大坝在一声震耳欲聋的巨响中轰塌，50亿立方米的水倾泻直下，周围村庄顿成汪洋。上万人在一刹那间失去了赖以生存的家园，更有人在睡梦中不幸遇难……

据老挝政府通报，阿速坡省萨南赛县水库溃坝事故致使13个村庄近1.3万人受到影响，部分村庄被淹。

通过网络获知消息后，贵州蓝天救援队对老挝人民遭受的灾难感同身受，迅速启动后方平台，收集相关信息。经过多方研判，北京时间7月24日，蓝天救援队向老挝政府提出，愿与老挝有关方面一起展开救援行动。25日8时，蓝天救援队赴老挝开展国际人道救援行动正式启动，贵州蓝天救援队队长王毅受命担任中方蓝天救援队阿速坡溃坝救援总

▼救援总指挥王毅在现场布置救援工作

指挥；13时，贵州蓝天救援队共十人集结完毕，携带水域救援装备及急救药品出发，昼夜兼程赶往受灾现场。

26日8时30分，首批十名救援队员抵达中老边境磨憨口岸；9时30分顺利进入老挝，然后经过长达54个小时的长途行驶后，终于在27日19时（当地时间18时）顺利赶至中方蓝天救援队设于阿速坡灾区的现场行动基地。此后，贵州蓝天救援队十名队员会同来自中国各地的共计76名队员开展了持续五天的艰苦搜救工作。

灾区现场到处是淤泥，人走不了，船开不了，为了搜索一些被淤泥埋没只露出屋顶的民房，有时甚至要匍匐前进，人才不至于陷入淤泥……这些都让此次老挝救援成为"近年来最艰难的一次救援"。

▲等待救援的受灾村民

▲展开地毯式搜索

地毯式搜索，不放弃生命的希望

为了提高效率，减少每天在路上耽搁的时间，救援总指挥王毅决定把救援指挥部从萨南赛县县城搬到曼麦村现场。重新分配救援力量后，九支搜救队被安排在重灾区辛拉村至邦麦村之间五公里区域，进行地毯式搜索。

队员们在淤泥中穿梭，步履维艰，每天都要超负荷工作16个小时，艰难程度可想而知。但他们没有一声抱怨，也没有任何人后退。船搁浅了，修好继续前进；人陷在泥里，爬出来继续赶路。队员李涛说："实在走不动的时候，我们就手脚并用往前爬，克服一切困难也要使搜救工作顺利进行下去。"

在这片淤泥"汪洋"中，能够看到的只是一些树木和房屋的上半截，队员们几乎搜索了人力可及的每一座受灾房屋，转移出了每一个愿意暂离家园的村民。对那些不愿意离开的村民，也会为他们留下随身携带的粮食和生活日用品。离开每座房子的时候，队员们都一步三回头，生怕遗漏了哪个角落，或许那里有本该获救的生命……

搜救队在前方搜救，随着距离越来越远，与后方指挥部的通讯就断了。对于本次救援的总指挥王毅来说，每天一到傍晚就是他最揪心的时候，就盼着手台里能传回队员们平安返程的消息。

7月28日傍晚，其他五支搜救队都返回了指挥部，只有贵州蓝天搜救队还没回来，也没有任何消息。指挥部派出两部救援车前往水淹区旁边等候，直到晚上八点多，手台里终于传来了其中一名队员的声音，王毅心里一颗大石头才落了地。所幸，队员们全都安全返回。这种揪心的状况，每天都在发生……

女儿的一席话，搅动铁汉柔肠

恶劣的环境、超负荷的搜救工作，让队员们几乎达到体力的极限。

▲救援队员在齐腰深的淤泥中搜救灾民

▲乏了就地打个盹

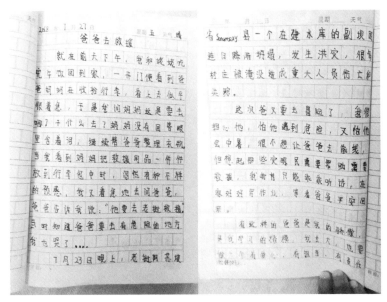

▲一名贵州队员女儿的作文

乏了他们就在船上打盹儿，在泥地里打盹儿，在水边打盹儿，每当夜幕降临返回指挥部时，每个人都变成了泥人，分不清彼此。中暑、毒虫叮咬、钉子刺穿鞋底的情况更是时有发生。

不管再苦再累，这些铁骨铮铮的中国汉子都没掉过一滴眼泪，可一名贵州队员女儿的作文，却让他们潸然泪下。作文中写道："这次爸爸又要去冒险了，我很担心他，怕他遇到危险，又怕他中暑，很不想让爸爸去前线。但想起那些灾民需要帮助、需要救援，我也只能乖乖地听话，在家好好写作业，等着爸爸平安回来。"队员们也不想家人担心，但有时候遇到手机进水，或者没有信号，就会跟家人失联。因为任务没有结束，他们不能轻言放弃。

"朋友，我们是从中国来的！"

在紧张的五天救援里，贵州蓝天救援队十名队员早出晚归，每天工作时间超过 16 个小时，地毯式搜索了六个受灾村庄，安全转移灾民十余人，医疗救治 20 余人，协助发放了大批救灾物资。沿途接受救助的村民们紧握救援队员的手，流下了感动的泪水。而每当他们问"你们是从哪里来的"时候，队员们纷纷拍着胸脯自豪地说："朋友，我们是从中国来的！"

7 月 31 日，老挝常务副总理宋赛·西潘敦、阿速坡省副省长一行在视察灾区途中特意来到中方蓝天救援队指挥部营地慰问，了解连日来的救援情况，对救援队的艰苦付出和专业水平给予高度评价，并真诚感谢救援队无私的救援行动。

朝阳下的阿速坡，美不胜收。这里洒下了中方蓝天人的汗水和泪水，也承载了一方有难、八方支援的国际人道主义精神，蓝天人的拼搏努力为中老友谊的绵远流长又增添了浓墨重彩的一笔。

（张洋）

第二编 架设沟通桥梁

"我们期待架设各国民间交往的桥梁，为人民创造更美好的生活。"

——习近平主席在第一届"一带一路"国际合作高峰论坛圆桌峰会上的闭幕辞（2017 年 5 月 15 日，北京）

会讲中国故事的非洲"好声音"

一位坦桑尼亚电视剧女星，来到中国从事影视剧配音工作，用斯瓦希里语向非洲老百姓讲述中国故事，成为"一带一路"倡议下中非文化交流的使者。

梦想照进现实

2016 年 9 月 27 日，坦桑尼亚第一大城市和全国经济、文化中心达累斯萨拉姆，骄阳似火，热浪滚滚，但这无法阻挡几千人参与一场盛会——四达时代集团举办的首届斯瓦希里语配音大赛。选手平均年龄 28 岁，最大的 71 岁，最小的只有 16 岁。参赛者有学生、公司职员、家庭主妇，还有影视明星。根据比赛规则，排名前十的选手将获得到四达时代集团北京总部工作的机会。

哈比妮丝在这次比赛中脱颖而出。在参加配音大赛之前，哈比妮丝

▲哈比妮丝身着坦桑尼亚民族服饰

▲哈比妮丝为影视剧配音

因出演一部电视剧一炮而红，成为坦桑尼亚家喻户晓的明星。"他们（观众）见到我都会大喊'尼亚玛亚'，那是我在剧中扮演的女孩的名字。"哈比妮丝说。在剧中，尼亚玛亚的父亲像卖牲畜一样，强迫她嫁给一个男人。虽然这样的故事大多发生在几十年前的非洲，但现在"女人只要受到一定的教育就够了，然后就要嫁人、生子，没有必要去工作"的想法，在非洲仍很普遍。

哈比妮丝并不想这样过一辈子。她希望自己能够成为独立的人，靠自己的努力生活。"当你所有的东西都靠别人给予的时候，你会感觉像是生活在地狱中，但靠自己的努力就会很快乐，哪怕挣得不多，那也是你自己挣来的，你有权决定自己的生活。"

最终，哈比妮丝获得了到四达时代集团总部工作的机会，但她的朋友和同事并不支持她去中国。他们觉得哈比妮丝在国内发展得很好，到中国意味着一切要从头开始。但对哈比妮丝来说，做出这个决定一点也不纠结。"我需要学习更多的东西。如果不来中国，就不能实现我的梦想。"她觉得，演员的工作收入并不稳定，她需要学习一些实实在在、有技术含量的技能。

"好声音"讲"好故事"

2017年3月，乍暖还寒时，哈比妮丝第一次踏上了北京的土地。长年生活在非洲的她，刚下飞机，面对北京初春的寒冷有些不适应。即便这样，她仍然觉得"这很爽"，因为她没有感受过这样的天气。

在四达时代集团总部，哈比妮丝从配音演员做起。这份工作对她来说并不难。"其实配音的时候，也是在表演，需要配音演员随着角色的喜怒哀乐来改变声音，声音和角色要完全吻合。我之前是在荧屏上表演，现在是用声音表演，都需要有很好的表达力和丰富的感情。"

▲哈比妮丝（左一）在2019年四达时代春节晚会上表演非洲舞蹈

两个月后，哈比妮丝便代表四达时代集团登上了第一届"一带一路"国际合作高峰论坛的舞台。她和另外三位非洲同事一起，现场用斯瓦希里语为中国经典剧目《西游记》"女儿国"片段进行了配音，精彩的演绎获得了现场几百位嘉宾的喝彩。

"丝路"声声入民心

哈比妮丝说，她的家人特别喜欢看中国影视剧。"他们看过很多中国影视剧，了解了很多中国的文化，包括中国人的衣着、语言和行为方式等方方面面。这些中国影视剧所反映的生活场景，有很多和坦桑尼亚十分相似。通过这些影视剧，他们认识到坦桑尼亚和中国的文化很多方面都是相通的。"

哈比妮丝对中国影视剧的理解和感情越来越深。"我很喜欢中国影视剧中相对含蓄的情感表达，这和欧美影视剧以及现在一些模仿欧美风格的坦桑尼亚影视剧不同，"哈比妮丝说，"这是中国人对自己文化的坚守，我们很高兴把中国的文化传播到坦桑尼亚，传播到非洲其他国家，让更多非洲人了解中国和中国文化。"

随着"一带一路"倡议在非洲越来越深入人心，像哈比妮丝这样的中国影视剧配音演员，在促进中非文化交流中扮演着越来越重要的角色。现在，哈比妮丝在社交应用平台 Instagram 上有近十万"粉丝"，他们中的许多人非常喜欢看中国的影视剧，尤其是由哈比妮丝配音的影视剧。哈比妮丝不但实现了自己的梦想，还成为了一名中非文化交流的使者，她感到十分骄傲。哈比妮丝和她的同事都希望为更多中国影视剧配上"非洲声音"，让自己的声音在非洲大地传得更远、更动听。

配音之余，兼具亲和力和表现力的哈比妮丝还在四达时代集团斯瓦希里语频道主持节目。她说，之前在坦桑尼亚就喜欢看这个频道，现在站在演播室面向坦桑尼亚民众做节目，感觉很奇妙。

哈比妮丝说："中国对非洲的帮助很大。几年前在非洲还很难收看到数字电视，现在即使在乡村，人们也可以以亲民的价格收看到数字电视节目。来自中国的数字技术带给非洲很大变化，改善了人们的生活，给人们带来了快乐。"

四达时代集团自 2016 年以来陆续在坦桑尼亚、尼日利亚、科特迪瓦、南非和莫桑比克等五个国家举办了 23 场包括斯瓦希里语、豪萨语、葡

▲哈比妮丝（左）在录制节目

萄牙语、祖鲁语等在内的"中国影视剧配音大赛"。配音大赛不仅为当地人带来了新的就业机会，还推动了非洲数字电视技术的发展，为当地培养了广电人才。

目前，已有20多名像哈比妮丝一样的非洲配音演员来到四达时代集团北京总部工作学习。正是在他们的参与下，一大批优秀的中国影视剧得以在非洲20多个国家落地播出。

在非洲，从国家政要到普通民众，中国影视剧的"粉丝"众多。正是在越来越多像哈比妮丝一样的中非文化交流使者的参与下，中国故事在非洲大地才传得越来越广，中非人民心与心的距离才越来越近。

（唐园园）

用艺术沟通世界

　　艺术是表达生命的语言、疗愈心灵的良方，也是超越国别、联通世界的桥梁。近年来，中国和新加坡的公益人携手合作，用艺术帮助特殊群体融入社会、寻找价值、实现梦想。在受助人中，有一位叫小龙的男孩，他通过艺术打开内心、走向世界的故事，带给人们许多惊喜与感动。

用爱开启心灵的窗户

　　小龙是一名患有精智障碍的中国青年工作者。因为脑瘫的缘故，他的四肢并不协调，说话时语速很慢，口齿也不清晰。对普通人来说很简单的一个动作，可能都会让他汗流浃背。但对艺术的热爱与执着，使小龙成长为一名原生艺术工作者，绘出了属于自己的精彩人生。

　　小龙的故事还要从 2010 年说起。那一年，公益组织 WABC 无障碍艺途在上海注册成立，致力于服务自闭症、智力障碍、脑瘫等精智障碍群体。小龙是该组织的第一批学员之一。第一次接触绘画后，小龙便深深地爱上了绘画。WABC 无障碍艺途并不提供系统的绘画教育，

▼小龙作品：《海上之旅》

而是鼓励所有参与者通过艺术勇敢地表达自己——或许语言对他们来说有些困难，那么就让他们回归生命的初始，遵从内心，用色彩、肢体、声音，用超越国家、种族、性别的方式去表达。

刚到 WABC 无障碍艺途时，小龙很害羞，也很自卑，经常低着头，很少说话。他的画画面也很单薄，经常是大片的空白和细小的人物。是志愿者们一次次暖心的鼓励、一声声真诚的肯定激励着小龙不断成长。

2012 年，新加坡星展银行资助 WABC 无障碍艺途，定期组织员工和 WABC 无障碍艺途的学员共同参与各种类型的活动。在这个过程中，小龙结识了许多有趣又富有爱心的志愿者朋友——几年如一日风雨无阻的大芮，刻苦学习中文的马来西亚姑娘宝琳，为学员们带来最前沿戏剧治疗的雪利老师，等等。现在，几乎每一个到过 WABC 无障碍艺途工作室的人都记住了小龙——一个阳光、充满正能量的大男孩。

▲小龙（左三）、WABC创始人苗世明（左四）、新加坡星展银行董事顾家祥（右三）

▲小龙作品：《心灵的窗户》

2017年，在新加坡星展银行的资助下，第一届"异彩：原生艺术的一个群落"国际原生艺术展在上海外滩三号画廊举办，来自中日两国的精智障碍群体为公众献上了一场精彩纷呈的原生艺术展。小龙作为中国原生艺术工作者代表发言，并对所有一直坚持到工作室和精智障碍群体交流互动的志愿者们表示感谢，他说，"你们的关注和支持，为我们搭起了这座桥"。

用交流创造更多美好奇迹

小龙的成长是中国与新加坡公益合作的一个缩影。近年来，WABC无障碍艺途与新加坡开展了许多围绕特殊人群的交流合作，期望帮助

▲WABC无障碍艺途代表与各国代表合影

更多像小龙一样的孩子找到打开内心的钥匙。

2019 年 3 月，WABC 无障碍艺途的工作人员和学员们受邀前往新加坡参加"创造一个更加美好的世界"活动（Changemakers for a Better World）。他们参观了全能残障社区，了解到一个充满人文关怀的残障友好型的新加坡。该社区设置了残障人士健身房、听障人士的专用角落、轮椅使用者的专用超市购物车以及自闭症孩子的就业中心等。参观时恰逢课间休息，患有自闭症的孩子们自信满满地同来访者打招呼，丝毫不畏惧陌生人的目光。这些都给了中国公益人们许多感悟和启发。

在新加坡期间，WABC 无障碍艺途的小伙伴向所有活动参与者传播了"错袜日"的理念，并邀请大家一起拍摄宣传视频，呼吁全球各

▲小龙在引导各国青年公益人进行艺术体验

国共同参与"错袜日"行动——在 12 月 23 日平安夜前一天，通过穿两只不一样的袜子的方式，呼吁社会各界理解和尊重精智障碍等特殊群体，关注和解决这些群体融入社会和就业等问题。

用艺术架起沟通的桥梁

　　如今的小龙，已经成长为能够自信地进行 TED 演讲的 WABC 无障碍艺途形象大使，能够引导正常人参与艺术疗愈体验活动的 WABC 创造性艺术疗愈师，也是多次参与国际一流原生艺术展的小有名气的原生艺术工作者。通过艺术，小龙向世界展示了中新两国助残领域的公益理念，也让更多人了解了艺术疗愈的魅力。

54TH NATIONAL DAY OF THE REPUBLIC OF SINGAPORE
新加坡共和国54周年国庆日

▲ 罗德伟总领事（左二）和小龙（右二）

　　小龙还成为了中新两国文化交流的使者。2019 年 8 月 7 日，小龙受邀前往新加坡驻上海总领事馆参加新加坡国庆 54 周年招待会。招待会上，他向总领事罗德伟先生赠送了为新加坡国庆日特别创作的画作《狮城》。令人意外的是，小龙的作品与当天招待会背景板的构图一致，呈现了同一视角下不同韵味的新加坡。罗德伟先生非常感动，表示要将作品在领馆内展出，并接受邀请参观小龙即将在 Yuan 艺术中心举办的个人艺术展。在场的各界代表都对小龙赞不绝口，给予他最热烈的掌声。

　　从一名需要帮扶的特殊学员，到乐观向上、能够独当一面的艺术工作者，小龙用他独特的方式，传递了积极上进的精神与追求美好的

渴望。他用艺术感染着周围的人，也拉近了世界不同国家人们的心。

小龙说："如果你在一个陌生的环境中，想和人进行交流，但是语言不通，那么你试着用艺术的方式进行沟通，你们两个人或许会很有默契。艺术没有对错也没有国界。让我们以艺术的形式来求同存异，共同发展。"

（陈瑾）

"一带一路"上的中国志愿者

在"一带一路"沿线国家和地区,有这样一群中国志愿者:他们朝气蓬勃,热情坚定,富有同情心和使命感;他们为孩子们点亮未来,为灾民带来温暖,为他国贡献智慧;只要有人需要帮助,他们愿意时时刻刻伸出援助之手。

缅甸边境的"中国名片"

　　吴雅霖是 2017 年被北京志愿服务联合会选派到缅甸的一名志愿者。她主要负责缅甸边境地区的减灾项目。

　　吴雅霖的一项工作是协助联合国开发计划署，在缅甸自然灾害多发的偏远地区招募并培训当地志愿者。在一次培训项目中，吴雅霖认识了一个名叫貌恩的缅甸女孩。不同于大多数缅甸人的腼腆性格，初次见面，貌恩便用并不流利的英语主动与她打招呼。貌恩告诉吴雅霖，她来自一个自然灾害多发的乡村，家乡雨季时常常遭受洪水和台风的肆虐，旱季时要艰难应对粮食的短缺。当貌恩在台下看到吴雅霖和其他几位国际志愿者用非常专业的方式，指导他们如何协助自己所在的社区应对自然灾害时，她非常希望自己也能成为像吴雅霖一样专业、

▲吴雅霖（右二）与缅甸应急项目的志愿者

▲吴雅霖教缅甸青年制作和平鸽

自信，对自己国家和全球发展都有价值的女孩。于她而言，成为一名志愿者，是个美好的开始。

在缅甸的日子里，吴雅霖时常能够深切地感受到世界各国对中国志愿者的赞许和对中国青年力量的期待。在国际青年日的庆祝活动上，许多当地青年在得知吴雅霖是中国志愿者后，纷纷上前与她合影。在一次与各国公益机构的会议结束后，各机构代表几乎都没有离开，想要与吴雅霖深入交谈。一位当地志愿者告诉吴雅霖，缅甸地震时，中国志愿者们给她所在的村子提供了很多帮助，中国志愿者成为她对中国的第一印象。在她的眼里，中国志愿者是富有使命感的群体，他们温暖有力、热情坚定、朝气蓬勃，是一张鲜活的"中国名片"。

肯尼亚造梦小学的"筑梦人"

距北京9200公里的肯尼亚首都内罗毕，是联合国驻非洲总部的所在地。近年来，肯尼亚人口增速加快，贫困问题仍然困扰着这个国家。

郭蕾是2018年北京市志愿服务联合会派出的第二批联合国青年志愿者之一。在空闲时间，她常常跑到内罗毕的马萨雷贫民居住区，与一家中国社会组织一起，为那里的造梦小学提供免费食物，帮助学校装修，陪孩子们上课，给他们讲关于中国的故事。

那年夏天，造梦小学在一场大火中被烧毁了。看到被大火烧毁的学校，孩子们又惊又怕，不知所措，不少孩子还不禁掉下了眼泪。孩子们无助又难过的表情让郭蕾暗下决心：一定要重建这所小学。她和中国社会组织的同事们多方协调，到处筹集资金，经过不懈努力，不

▲郭蕾与马萨雷的孩子们

仅顺利重建了这所小学，而且还给所有的孩子提供全年的免费午餐。

因为生活贫苦，马萨雷的很多孩子对生活缺乏信心。郭蕾便经常与孩子们沟通交流，希望他们树立信心，积极乐观地面对生活。慢慢地，孩子们找到了一些喜欢的事情：喜欢学校的朋友，喜欢耐心教导他们的老师，喜欢马萨雷亲密的文化……郭蕾告诉孩子们，我们所处的环境也许永远不够完美，但是我们应该从身边的人和生活的环境中汲取力量，让自己成长为对他人有益、对社会有用、能为国家做贡献的人。

柬埔寨城市中的 IT 高手

互联网技术援助也是中国志愿者的强项。在柬埔寨金边市中心的写字楼里，有间不足十人的联合国志愿人员组织办公室，中国志愿者李翰驰就是在这里工作，他主要负责编写网络程序。

近年来，互联网和社交媒体在金边等大城市已非常普及。柬埔寨教育青年体育部很早就希望为柬埔寨全国的志愿者建立一个志愿服务平台，无奈找不到合适的技术人员。

为此，北京市志愿服务联合会选派李翰驰前往协助建立柬埔寨志愿服务网络平台。李翰驰曾参与"志愿北京"网络平台的设计研发工作，积累了丰富的经验。

▲李翰驰（左一）与柬埔寨智慧大学志愿者

▲李翰驰（左一）向柬埔寨同事介绍"志愿北京"云系统

在柬埔寨服务的六个月里，李翰驰参与了柬埔寨志愿服务网络平台的开发，并为平台建立了网络主页和志愿者页面的原型图，还建立了一个在线课堂板块，初步搭建完成了柬埔寨志愿服务网络平台，并支持后期把教学内容上传到该网站。柬埔寨志愿服务网络平台的建立，将为柬埔寨志愿者更好地参与志愿服务、造福更多当地民众发挥重要作用。

中国志愿者在"一带一路"沿线国家和地区参与志愿服务的故事还有很多很多。未来还会有更多中国的优秀青年志愿者积极参与其中，以自己的青春热情为"一带一路"建设书写温暖而绚丽的诗篇。

（刘金芝）

"熊猫小记者"的"一带一路"

"蓉欧快铁多像欧亚陆上桥。"

"追寻郑和的足迹,做一名传播中华文明的使者。"

"'一带一路'必将加深中国与沿线国家的友谊。"

"'一带一路'让匈中友好关系迈上新台阶。"

……

嘿,如果我告诉您,这些话都出自平均年龄不到13岁的中外小朋友之口时,您会不会很惊讶呢?这些小朋友虽然来自世界各地,但都有一个共同的身份——"熊猫小记者"。

"熊猫小记者"的丝路行

　　时间回溯到 2017 年。为响应国家广播电视总局（原国家新闻出版广电总局）关于申报 2017 年"丝绸之路影视桥"工程的要求，并结合成都作为"一带一路"重要节点城市这一地域优势，成都市广播电视台组织精干力量，策划了"熊猫小记者"全球追访"一带一路"大型公益新闻接力行动，初心只有一个：让孩子们真正了解"一带一路"，了解"一带一路"沿线国家与中国文化的交流与融合到底在哪里，中国如何通过"一带一路"与沿线国家共建人类命运共同体。

▼ "张骞"队：向世界推介成都

或许这些命题看起来有些大,"熊猫小记者"都是一群年龄7到16岁的孩子,能了解和做些什么呢?带着这些疑惑,在那个炎热的8月,第一季的30名"熊猫小记者"分为"张骞""马可·波罗""郑和"三个队伍出发了。

他们一路前行,十几天里,他们充满童趣的眼睛每一天都有欣喜的发现:原来"一带一路"就是在法国超市里找到的成都制造的女鞋,是在马来西亚乐高乐园里与中国元素的不期而遇,是在波兰罗兹看到的蓉欧快铁。

九岁的陈香羽是"张骞"队的"熊猫小记者",这是她第一次出国。每到一处,她都让队友和外国朋友感受到来自中国成都的阳光。

位于波兰罗兹的蓉欧快铁是此行的第一站。在那个很大很大的货物仓库里,有各种各样来自世界各地的货物。陈香羽他们就像在万花筒中探寻一样,在里面东看看、西摸摸。进去大概十分钟后,这个小女生突然转身跑了过来,拉着导游人员嘀嘀咕咕不知说了些什么。导游带着她走到仓库工作人员身旁,问道:"这个小姑娘想知道,这里有从成都运送过来的货物吗?"工作人员说:"当然有啊,走,我带你去看看!"

跟随工作人员,陈香羽走到了另外一个门外。银色的集装箱上印着醒目的"蓉欧快铁",这让她很兴奋。她问

▲ "张骞"队小记者陈香羽

▲陈香羽接受波兰国家电视台采访

正在检验货物的工作人员这里面都有什么，工作人员说："这是一批从成都运来的电器元件，它们抵达这里后，将会被运送到离这里不到两个小时车程的戴尔工厂进行电脑组装，然后再从罗兹运往德国、法国。"陈香羽显然有些吃惊，"除了这些还有吗？"她追问道。工作人员笑笑说："当然有了，还有鞋子、衣服，好多好多呢！""那它们卖得好吗？""非常好，不然怎么会每周都有一列火车从成都开往这里呢？"听到这里，陈香羽更加兴奋了："哇，原来我们成都制造的产品真的已经走向了世界，我之前都不太了解，原来我的家乡真的这么厉害！"

活动结束后，陈香羽给自己定下了一个目标，长大了要当一名记者，用她自己的视角报道"一带一路"：能让其他国家和中国共同发展，能了解更多的文化，建立更好的合作关系……她想去做这样的阳光记

▲ "郑和"队小记者卢昱菲（左）和队友

者。

当陈香羽在"一带一路"上深刻体验什么是"共享"时，万里之外的马来西亚，"郑和"队的卢昱霏则被正在建设的中马铁路震撼到了。

这条铁路的起点是吉隆坡北部的鹅唛，终点是吉兰丹州的瓦卡巴鲁，全长688公里。建成后的铁路将把马来西亚东海岸的重要城镇和西海岸的经济中心联接起来，极大地促进商贸、物流、进出口及旅游等行业的发展，也会极大地便利人们的生活。这是中马两国共建"一带一路"的示范项目，将在东南亚乃至"一带一路"沿线国家形成很好的示范效应。在了解这些情况后，这个十岁的小女孩突然问前来介绍情况的中国交通建设股份有限公司的建设者叔叔："难吗？有多难？"叔叔说："难，肯定难，有好多特殊情况呢。比如，线路以越岭隧道形式穿越云顶高原，这条全长16公里的云顶隧道最大埋深约750米，而且没有其他外部通道可以利用，存在施工组织复杂……"不知道卢昱霏到底有没有听懂，但在大家离开时，别人都在说再见，她却说："叔叔，你们一定要注意安全，辛苦了……"

▲ "熊猫小记者"中国年成都启动仪式

"一带一路"让梦想成真

　　两年时间，除了有走出去的"熊猫小记者"，还有请进来的"熊猫小记者"。2018年中国农历新年，"熊猫小记者"全球追访"一带一路"大型公益新闻接力行动第一季（冬季活动）拉开序幕。来自西班牙、德国、法国、匈牙利、波兰、俄罗斯、加拿大、澳大利亚、哈萨克斯坦、越南的"熊猫小记者"的家庭，与成都志愿者家庭一起，体验新天府文化，感受成都发展，欢度成都味儿中国年。他们对成都深度融入"一

▲波兰小记者库巴

▲西班牙小记者安（中）

带一路"建设、构筑国家对外开放门户枢纽有了直观真实的感受。

波兰小记者库巴通过这次活动不仅对中国有了新的认识，而且他的父亲在成都还找到了新的商机。现在成都制造的家具正通过蓉欧快铁运往波兰，库巴的爸爸做起了有关商贸交易，将其推广至欧洲的商户。

西班牙小记者安和家人则希望到成都居住生活。现在，他们已经梦想成真。

不管是中国的，还是国外的，"熊猫小记者"们都以自己的视角寻找和解读沿线国家不同的文化历史，以自己的亲身体验感受人类命运共同体的伟大意义。

"我也希望像马可·波罗一样，成为一名连接中国与欧洲的文明使者。"

"我期待坐着中国高铁到法国旅行。"

▲ "熊猫小记者"齐聚成都欢度中国年

"希望中国可以和东欧国家搭起更多友谊的桥梁，更希望这桥梁永远相连相通！"

我们相信，"熊猫小记者"们的这些梦想是一定会实现的！

（杨永茂 杨梅 王旭）

助残公益搭建民间连心桥

　　我叫朱同景，来自成都善利公益发展中心。善利公益不仅旨在助残行善，更致力于为促进中外民心相通搭建桥梁。

梦想起航的地方

2004 年的一个偶然机会，我接触到了公益领域。从此，我的人生开启了新篇章。从参与陕甘宁的扶贫发展，到投身汶川地震救援及灾后重建，我不断总结、提炼，收获满满。2013 年是我从事公益事业的第十个年头，都说十年磨一剑，是时候该仗剑走天涯了。因此，我离开就职的国际机构，发起成立了善利公益。我想圆自己一个梦：建立一个有国际影响力的中国民间组织。

在汶川地震灾区工作的几年里，我接触了一些因灾致残的年轻人，他们意志坚强，坚持追逐自己的梦想。受到他们影响，我暗下决心：要为他们搭建一个国际层面的展示平台，同时也为国内的残疾人群体树立学习榜样，向社会传递正能量。

逐梦伊始，我遇到各种困难，但在团队和社会各界的支持下，我克服了重重难关，成功迈出了第一步。2015 年 5 月，善利公益在成都天府广场举办了全国最大规模的残障人士绘画作品展，展出作品 1000 余幅，产生了良好的社会影响，也为我们的公益项目走出国门奠定了基础。

结缘乌克兰

乌克兰画展是我们走出国门的重要一站。

2016 年，我们在乌克兰国家文学博物馆举办了第一届中国残障人士绘画作品展，主要展出的是油画和中国画。画展当天，乌克兰观众的热情让我们出乎意料。更令人惊奇的是，本次随行的残疾人画师周

▲乌克兰巡展现场

帅还和前来参观的乌克兰残疾人士交流得十分开心。语言不通，他们就以画布为媒，进行了专业而有深度的艺术探讨，吸引了许多现场的观众驻足观看。

周帅因为一次意外触电而失去了双臂。在家人和社区的帮助下，通过无数次的练习，他不仅学会用脚和嘴配合实现了生活自理，还练就了令人赞叹的画技。

了解了周帅的故事，乌克兰观众不约而同地鼓起掌来。他们被周帅坚韧不拔和自强不息的精神所打动，也感叹中国社会对残疾人的包容和关怀——不仅为他们提供人性化的社会服务，更给他们提供了学习机会和发展空间。

乌克兰国立美术学院现场邀请我们去参观他们的学院。卡利丘卡副院长还亲自邀请周帅去学院学习深造。为了回馈乌克兰民众的热情支持，善利公益与乌克兰基辅国家残疾人协会达成举办双年展的合作协议，同时决定将部分参展的中国画作品赠予当地学校，帮助乌克兰学生更好地了解中国画和中国文化。

我依然清晰地记得中国画师们在为乌克兰学生介绍中国画特点时说的那句话："中国画讲究韵味和境界，艺术有境界但无国界，欢迎到

▲周帅在画展现场用脚创作

中国来做客！"

有缘再相聚

2018年5月12日，我们在乌克兰基辅举办了第二届中国残疾人士绘画作品展。这一次画展还邀请了基辅市第十一特校举办联合画展。画展分三部分：第一部分是中国画展；第二部分是乌克兰特校学生画展；第三部分是中国残疾人摄影爱好者拍摄的天府图片展。

画展期间，特校学生为大家表演了精彩的节目。我们的工作人员结合图片展区的摄影图片，为乌克兰观众讲述了四川故事。尤其图片中

展示的科技四川、人文四川，让他们对天府美景心驰神往。有的小朋友说："这是真的吗？这是我所见过最发达、最漂亮的地方。"

在画展期间的座谈中，乌克兰国立文化大学的嘉宾提出，可以在该校建立中国文化交流中心，定期组织交流，开展技能培训，让乌克兰学生更直观地了解中国文化。柴可夫斯基音乐学院的嘉宾了解到我们将举办"助残圆梦音乐会"后，非常高兴地表示，愿意为我们邀请乌克兰功勋音乐家及各国的乌克兰裔知名音乐家作为志愿者，为中国的残疾音乐人当好"绿叶"，助他们实现音乐梦。

为残障人士的艺术梦想创造舞台，为中国和乌克兰的文化交流搭建连心桥，是我们最诚挚的心愿。我们将力求完美，将这份真情久久传承下去。

（朱同景）

第三编　呵护共同梦想

　　"'一带一路'建设承载着我们对美好生活的向往，将把每个国家、每个百姓的梦想凝结为共同愿望，让理想变为现实，让人民幸福安康。"

　　——习近平主席在第一届"一带一路"国际合作高峰论坛欢迎宴会上的祝酒辞（2017年5月14日，北京）

联合考古再现丝路真容

丝绸之路记载着中国与沿线国家友好交往的悠久历史。深埋地下的古迹，是那段历史的最佳见证。为揭开尘封的历史面纱，中国与沙特阿拉伯的联合考古队已经启程。

飞沙漫舞向西行

正午，红海海岸线边一支考古越野车队在沙暴中前行，飞沙将车窗打得噼啪作响，一群群骆驼却在风沙中一动不动。"这让我联想到了时间、历史和生命，心里涌出一种感动。"中国考古学家、水下考古研究所所长姜波回忆起这一幕时感慨万千。

中国与沙特两国联合考古队已经在红海之滨的塞林港遗址开展了两个季度的考古合作。按照两国签署的《中国—沙特塞林港遗址考古合作协议书》，塞林港的联合考古工作将持续五年。

这是中国考古队首次抵达阿拉伯半岛，他们的任务是"寻找古老塞林港湮没在时光里的真相，特别是古代红海与东方世界交往的细节"。姜波形容这次工作是"海边的沙漠考古——遥感、陆地和水下考古三位一体"。

▼沙特阿拉伯沙漠风光

▲塞林港遗址考古现场

　　塞林港，位于阿拉伯半岛西南角。文献记载，它曾是红海之滨的重要港口，与通往麦加的吉达港、通往麦地那的吉尔港并立。但这三大港中，唯有塞林港神秘地衰落，遗址被厚厚的流沙覆盖。

　　2018 年 3 月 30 日，中沙联合考古队在吉达古城汇合，前往考古驻地阿尔里什（Al Lith）。没想到，沙尘暴给了考古队第一个"下马威"。姜波回忆说，沙丘如波浪般涌上路基，水一般流向公路另一侧。当时，他脑海里浮现出一个词："沙海！"塞林港遗址正是红海与"沙海"交汇之地。

　　待沙暴停歇，联合考古队立刻启程，追星赶月般直奔遗址现场。姜波指挥大家排成一字，齐头并进，以间距 50 步为线，开始了拉网式排查。中方队员王霁则操控起无人机，开始遗址航拍和遥感测绘，以便尽快建立三维模型。

尘沙淘尽现芳华

此前，塞林港遗址从未开展过系统性的考古发掘。地面遗迹几乎湮灭无踪，沙方考古学者对地面以下的遗迹办法不多，而中国田野考古以"地下寻踪"见长。"我们这次还用上了国际上最先进的遥感和测绘技术。"姜波说。

通过一天的工作，古代塞林港踪迹渐露真容。遗址全域航拍完成，发现了多处建筑基址，还采集到了阿拉伯陶釉、中国瓷片等重要文物。在墓葬区有 40 余方倒伏的石碑，中方队员采用金石学法"拓印"，使模糊不清的碑文变得清晰可读。这神奇一幕令沙特考古队员惊叹不已。

4 月 1 日，在南部建筑区的一处遗址，联合考古队发现了一条 20 米长的墙体遗迹。这让姜波一下子想起阿拉伯文献中的记载——塞林港有长长的围墙，凭着多年宫城考古的直觉，他立

▲ 姜波（中）展示发现的阿拉伯釉陶

▲ 考古队员在塞林港遗址发现中国碑铭

▲ 考古队员对现场发现的碑铭进行拓制

刻决定打下"探方",清理地层剖面!

　　姜波和队友聂政拿着一个塑料筐,徒手开始捞沙。这让沙方队员吃了一惊,不过看到"Doctor(博士)"都在埋头苦干,他们也跳到坑里跟着挖起来。"麦迪就如猛虎下山,跪在地上把筐举到坑壁上,看得我又好笑又感动。在当地人看来,我们能在烈日下工作,已经是不可思议了!"姜波说。

　　沙方考古学家麦迪是姜波的朋友和"潜伴",两人结缘于去年举办的"'一带一路'沿线国家水下考古培训班"。在广东海陵岛潜水训练时,麦迪被浑浊的海水弄得晕头转向,只能"亦步亦趋"地尾随姜波行动。这次到了红海,情况完全反过来了,熟悉水况的麦迪就像潜水教练一样,"指导"着姜波完成一项项水下作业任务。

▲考古队员正在释读拓印的碑文

▲姜波（左一）和队员讨论塞林港墓地的情况

在"探方"中，沙方的阿卜杜拉幸运地挖到了港口考古最关键的物证：一个保存完整而精致的铜砝码。姜波此前曾推测塞林港遗址是朝圣的贸易港口。"历来海港都选址于河、海交汇之处，往往是贸易往来之所，作为度量衡的砝码是必不可少的。"

塞林港距离麦加不远，又是面对内陆地区的一个重要采矿中心，结合古代阿拉伯世界以铸造金币闻名，塞林港的地位和功能不言而喻。

这时，中方队员拓印碑文也有了突破性进展。两方碑文被释读出来，内含墓主人的生卒年月和姓名，一方碑文的年代为公元 990 年，另一方的年代为公元 1029 年。这些信息为塞林港口繁盛于公元 9 世纪到 13 世纪这一论断提供了佐证，有望结束学界对塞林港的年代之争。

▲ 中国·沙特联合考古队合影

联合考古刻友情

闲暇时光里，沙方的瓦利德既"拜师"梁国庆学起了拓印，同时也在其他方面成为王霁的老师。在帐篷里，大家互相学习对方的语言，赵哲昊一会儿就学得惟妙惟肖。"歌者"麦迪唱起古老的情歌，疲惫不堪的众人就静静地听着……

这次考古成果"超过双方预期"。姜波说："沙方学者对遗址显示的族群和家族历史、墓葬习俗等非常感兴趣。不过，我本人更关注的是海洋贸易和海上丝绸之路的实证。"

塞林港考古发掘告一段落之后，中方考古队员潜水体验了红海水下的环境，为未来寻找这一地区的沉船做准备。姜波还将眼光投向了波斯湾。他说："红海、波斯湾是海上丝绸之路的西端，考古工作将帮助沿线国家还原这段历史的记忆。"

"我们的工作能体会到不同文化、文明之间生生不息的关联。"姜波说。其实全世界考古人的幸福很相似，就是能从工作中触摸历史，感受简单而充实的快乐。

红海之滨，联合考古队又一次踏上了新的征程。

（屈婷）

战斗在津巴布韦反盗猎一线

　　在非洲津巴布韦的丛林中，野生动物的生存面临严峻的挑战。这里上演着"盗猎与反盗猎"的惊险故事，以平澜公益基金会为代表的中国反盗猎志愿者，就是这些故事的生动主角，他们与非洲动物保护者共同谱写了中非携手守护自然的和谐篇章。

走向非洲

在 2015 年年初之前，中国民间机构到非洲开展动物保护工作几乎是一片空白。"从何做起？怎么下手？"项目发起人王珂和同伴们一筹莫展。他们从网上找到在非洲从事动物保护工作的机构，向他们发邮件，表达希望加入动物保护工作的意愿，但这些邮件大多如石沉大海，杳无回音。面对这样的情况，王珂和同伴们决定，自己去开拓。

王珂将目光投向了津巴布韦。津巴布韦位于南部非洲，有着迷人的风光和种类丰富的野生动物，曾是一个比较富裕的国家，但在独立后遭到西方多年制裁，经济面临极大困难，在动物保护方面更显力不从心。

▼津巴布韦美景

▲ 志愿队员和当地野生动物保护工作者乘坐橡皮艇进行水上巡逻

2015年3月，王珂一行来到中国驻津大使馆，表达了希望在非洲开展动物保护工作的愿望，他们的想法得到了时任大使林琳的支持。林大使表示，近年来中国在动物保护领域，尤其是在所谓"象牙贸易"问题上被一些外国媒体恶意丑化，甚至被贴上"盗猎者帮凶"的标签，希望中国志愿者的工作能增信释疑，展现中国民间社会在这个问题上的真实态度和真诚努力。在中国驻津大使馆、华人华侨、国际友人的帮助下，第一批动物保护志愿队员来到了津巴布韦。虽然做了充分的思想准备，但面临的困难还是大大超出了队员们的预期。在当地，几乎没有人信任这些中国志愿者，认为他们要么只是作秀，拍几张照片就走了，要么就是打着动物保护名义的盗猎者。队员们尝试加入几个当地非政府组织一起开展工作，并且尝试联系几个国家公园，结果都没如愿。他们虽然来到了津巴布韦，但因为没有经验，没有营地，依然无法真正开展工作。

艰难落地

在中国驻津大使馆和当地华人华侨的帮助和多方协调下，最终，位于津巴布韦最北部、与赞比亚隔河相望的马纳波尔斯国家公园接纳了来自中国的志愿队员。这个被评为世界自然与文化双遗产的非洲"明珠"因为地处偏远而很少获得关注。除了少量西方游客，几乎没有非政府组织长期在这里工作。在这个近 3000 平方公里的区域内，数千头大象、狮子、花豹、河马、鳄鱼、野牛、野狗等各种野生动物构成了最原始的生态。

第二批中国志愿者于 2015 年 9 月来到这里。队员张广瑞信心满满，

▲队员们在野外搭建宿营帐篷

觉得马上就能大显身手。但意大利教官弗朗西斯科却给了张广瑞和其他队员们当头一棒，他警告这些队员，如果擅自行动的话，将活不过三天。

教官弗朗西斯科已经来到津巴布韦几十年，经验丰富。他毫不掩饰对中国志愿队员的不信任，不大相信他们能坚持下来，也不太相信他们能为反盗猎工作带来实际帮助。尽管将信将疑，弗朗西斯科还是承担起了教官的职责。在他的带领下，中国志愿队员们搭建了一顶顶帐篷，建立了净水和太阳能供电系统，完善了卫生间和洗澡的设备，队员们也一步步积累了在非洲野外的生存经验。

初步立足

但是，要想真正参与到反盗猎工作中，还必须赢得公园护林员的信任。护林员在津巴布韦属于准军事部队编制，他们拿着微薄的工资，长期在丛林里工作，保护着这片地球家园。由于要面对的可能是穷凶极恶的武装盗猎者，护林员的工作相当于严格保密的军事行动。在他们看来，中国志愿队员能够照顾好自己就谢天谢地了，更不用说参与到反盗猎行动中去。

此外，队员们还要面对来自野生动物随时随地可能造成的致命威胁。反盗猎营地设在丛林深处完全开放的环境，作为联合国自然与文化双遗产地区，这里不允许建设封闭的围栏。可以说，队员们与野生动物处于混居的状态。有时，成群结队的大象会从营地旁缓缓走过，偶尔还会探头到帐篷里看看；有时，几只狮子就卧在营地旁几十米远

▲队员们驾驶动力三角翼巡视

的草丛里，走到眼前才会猛然发现；有时，走在河边可能还会突然遇到隐藏的鳄鱼。

　　队员们很快意识到教官的话并非危言耸听，护林员的不信任也事出有因。不过，中国志愿队员有自己独特的优势，那就是他们带来的动力三角翼。经过严格的法律审批流程后，三角翼获得了飞行许可。中国志愿飞行员驾驶着动力三角翼飞翔在非洲大地上空，反盗猎工作从此有了空中力量。除了动力三角翼，还有冲锋舟、夜视仪等等，一批批装备陆续抵达国家公园。有了这些装备，中国志愿队员们如虎添翼。

赢得认可

一年多以后，教官弗朗西斯科终于认可了，这是一批真正想做好动物保护工作的中国志愿队员，是一个不断学习和进步的团队。最初，他严格要求队员不能独自离开营地，到后来他已经完全放手让张广瑞带领队员开展工作。护林员的态度也逐步发生变化，从对中国志愿队员基本不闻不问，到请求中国志愿者带他们使用动力三角翼进行空中巡逻、用橡皮艇进行水上巡逻，对中国志愿队员的工作表现越来越认可。西方国家的一些在津巴布韦开展工作的非政府组织对中国志愿队员的态度也逐步从怀疑和抵触，转变为正视与合作，有时还会来到营地与他们进行交流。中国反盗猎志愿团队终于在非洲大地站稳了脚跟。

反盗猎工作很辛苦，但也有着莫大的乐趣。美丽的赞比西河在日

▼象群在水塘边饮水

出时分蔚为壮观；成群的羚羊在眼前奔跑跳跃；刚出生的小象跟随象群在营地旁漫步；调皮的猴子随时造访营地偷走食物；各种鸟类在空中翱翔、在树梢上或水上嬉戏；夜晚的星空美丽得让人难以置信。这一切都让队员们更深切地理解了生命的意义，体会到了这份工作的价值。动物们似乎也明白这些中国人是来保护它们的，有时候疣猪就在营地边住下，有时候大象就睡在帐篷外，像一只大宠物一样打着呼噜，它们在这里感到很安全。

截至 2019 年，在各方的努力下，马纳波尔斯国家公园几乎已经没有了盗猎行为，但中国志愿队员的动物保护工作还会持续下去，继续守护这片人类的共同家园。

（刘志华）

海龟护卫队

环境保护是全球共同关注的问题。为了把"一带一路"建设成为绿色发展之路,守卫人类共同的地球家园,中国建设者在付出、在努力。

环保是挑战，也是契机

"我们的海龟上央视了！"听到这个消息，安静有序的办公室里瞬间热闹起来。"这回咱们项目的海龟可真是出名了，全中国都知道了！"2018 年 9 月 2 日，随着《与非洲同行》在中央电视台播出，中国港湾建设集团有限公司承建的加纳特码港扩建工程项目被越来越多的人认识，然而这份荣耀来得却十分不易。

▲加纳特码新集装箱码头工程项目

特码港位于几内亚湾内，是海龟在西非的主要产卵地之一，每年 10 月至次年 4 月是海龟的产卵期。为了保障特码港扩建不会对周边海龟产卵孵化产生影响，2016 年 7 月项目启动之初，项目部就专门设立环保部门负责施工过程中的环境保护工作。

　　"环保对加纳特码港扩建项目来说是个挑战，但也是个重要的契机。我们要抓住这个契机提升我们的环保理念，展现中国企业的良好形象。"项目经理汪楚亮表示。为了确保环保部门有足够的实力完成各项任务，项目部抽调了精通英语和环保实施许可流程的人才，聘请了印度籍环保专家帕维恩，还招募了当地海龟保护专家阿门亚布。

　　项目总监杨涛说："海龟是非常珍稀的海洋动物，在海洋生物链中发挥非常重要的作用。我们在施工前已经对项目做了环保评估，尽可能选择对海龟繁衍干扰最少的地点，让他们免受外界伤害。作为这片海岸的建设者，保护海龟我们义不容辞。"

　　此外，项目部还组建了一支环保志愿者队伍，由中国企业、业主单位、工程咨询公司和当地社区约 300 名志愿者组成。这些来自不同国家的志愿者们发挥各自专长，为"守护蔚蓝"这一共同目标默默付出，贡献自己的力量。

▼环保志愿者在开展"守护蔚蓝"活动

▲阿门亚布在沙滩上清理石头，以便小海龟顺利回到大海

好像看着自己的孩子慢慢长大

不仅如此，项目部还专门组建了一支海龟巡逻队。巡逻时发现产卵的海龟，就及时记录位置，若产卵地点受到施工影响，巡逻队员就会把海龟蛋送往海龟孕育中心，等小海龟自然破壳后再把它们送回大海。

"施工海域会对海龟产卵环境产生影响，为此我们请专业动物保护机构为我们设计了'海龟孕育中心'。同时，我们也对员工进行宣传教育，一旦发现有海龟要上岸产卵，就要暂时停工和避让。"巡逻队队长严发说。

"看到新生的海龟笨拙地爬回充满未知的大洋时，我们感觉非常温暖，好像看着自己的孩子慢慢长大一样。"海龟保护专家阿门亚布笑呵

▲当地学校师生参观项目部

呵地说。被称为"产科医生"的阿门亚布，从事海龟保护工作已有五年了，这份特别的工作让他的作息时间与大部分人不同。由于海龟在夜间产卵，每天晚上八点才是他一天工作的开始时间，早上大家起床上班时便是他收工的时间。他说："我需要在周边海滩巡视，寻找海龟产卵的痕迹，再把这些海龟蛋收集起来，带回孕育中心……小海龟自然孵化出来后，我们会把它们带到比较安全的海滩，让它们平安返回大海。"

从项目开始施工至今，海龟孕育中心共在海滩上收集了 17,429 枚海龟蛋，成功孵化出 12,234 只小海龟，孵化率达到 70%，而自然条件下孵化率只有 10%-20%。

让更多人参与到海龟保护中来

为了让更多人参与到海龟保护中来，项目部发起了海龟周边行动，联合当地民间艺术家，融入加纳元素，纯手工打造小海龟环保吉祥物，送给附近学校，向孩子们普及海龟保护知识。项目部还印制宣传海报张贴在周边社区，让当地居民了解海龟保护的重要性，帮助他们提高环保意识。

随着时间的推移，加入海龟保护的人越来越多，当地孩子们都知道要保护海龟、保护生态。附近居民对中国人的接纳程度也越来越高。项目总监杨涛介绍说，当地社区经常邀请项目部代表参加传统节日庆祝活动，有时候还开玩笑地说："我们已经开始把你们当成加纳本地企业了。"这句话，就是对我们履行企业社会责任的最大肯定，也是我们继续做好当地环境保护工作的动力。我们希望，通过我们的努力，让加纳人看到，这个在他们家乡填海造港的中国公司，不但和他们共同建设"金山银山"，而且与他们共同培育了一片"绿水青山"。

（张春林）

为了更多妇女的丝路梦想

　　梦想是人们前进的动力。将个人的梦想与众人的事业紧密相连，便有了无穷的力量。法国"爱和"组织主席贝尔纳博女士深深体会到这其中的价值和快乐。七年来，为了让更多妇女参与到"一带一路"建设中来，她一直不辞辛劳、倾情付出。

一个人带着梦想上路

2013 年 3 月 5 日，贝尔纳博从家乡法国奥尔良市出发，历时两个月，跨越两万多公里，乘火车来到中国。4 月下旬，她到访陕西和北京，从此与中国妇女和妇女组织结下了不解之缘。

贝尔纳博在启程之前了解到，她十分崇敬的蔡畅女士曾在她的家乡蒙塔尔纪勤工俭学，而蔡畅是全国妇联第一任主席。在此次中国之旅中，她希望结识更多的中国妇女组织，也让更多中国人了解法国——圣女贞德的家乡。她还要履行联合国教科文组织法国委员的职责，担任友好使者，向法国和欧洲介绍欧亚大陆国家的绿色发展现状，特别是中国经济发展奇迹背后的人文故事，让古老欧亚大陆上的人们再次联通起来。这是她儿时就有的梦想。

贝尔纳博首先来到西安。西安是十三朝古都，是古丝绸之路的起点，也是世界历史上第一个人口超过百万的城市。在贝尔纳博看来，西安是一个充满神秘和历史传说的地方。在这里，她不仅看到了很多名胜古迹，更结识了一群崇尚"天人合一"、追求绿色生活的中国女性。

陕西省妇联、省妈妈环保志愿者协会热情接待了贝尔纳博女士，并带她去洽川县南沟村了解妇女如何在妇联组织和环保专家的指导下利用滴灌技术种植红提葡萄，降低经济发展的耗水量，实现村庄可持续发展。

贝尔纳博的到来吸引了近 500 名村民。听说她从法国出发，穿过古代"西域"国家而来，村民们聚集起来，敲锣打鼓，跳着扇舞，还组织孩子们表演环保作品秀，欢迎这位远方客人。贝尔纳博女士对南沟

▲陕西省洽川县南沟村村民欢迎贝尔纳博女士

村妇女的执着、勤劳和团结协作印象深刻。曾经因《诗经》而闻名遐迩的洽川也给了她更多关于丝绸之路上人们追求爱情和美好生活的想象。

从一个人的跋涉到一群人的事业

2014年是中法建交50周年。5月，贝尔纳博满怀使命感再次到访中国，来到北京、陕西、湖南等地。在西安，她走访了企业和乡村并与陕西省妇联和省妈妈环保志愿者协会的近千名志愿者齐聚在秦岭脚下，一起种下了"中法妈妈环保林"。

贝尔纳博说，习近平主席提出的"一带一路"倡议，正是她儿时的

梦想。她曾四次重走丝绸之路，出版了一系列关于丝路见闻和故事的图书，并在法国当地报纸上多次发表文章，其中"女人与水"的故事讲述了妇女与水的特殊关系，提出了发挥妇女作用、加强水资源保护的理念。从此，她致力于将横跨欧亚的"女人与水"绿色梦想行动计划同中国的"一带一路"倡议无缝对接，并在与地方政府、环保机构和专家、志愿妈妈的接触中，彼此有了更深的了解，进一步形成了共识。

▲贝尔纳博女士与陕西近千名志愿者一起种下"中法妈妈环保林"

从一个人到组建一支团队，贝尔纳博用了不到两年时间。2014年，她率领法国妇女代表团访华。团员包括法国中小企业局负责人、建筑学院负责人、职业教育专家、律师和慈善组织负责人。在北京，代表团与中国妇联共同举办了纪念中法建交 50 周年妇女问题研讨会，围绕妇女与环保、就业创业和公益等专题，真诚地分享经验，互学互鉴。在陕西，代表团与省市级妇联、省妈妈环保志愿者协会、女企业家协会、女摄影家协会等妇女团体开展广泛交流，共同推动妇女儿童事业的发展，致力于为各国的文化交流和教育合作搭建平台，促进国际创新人才培养和发展。

▲法国妇女代表团考察陕西妇女手工艺品

贝尔纳博是社团组织者，也是中法乃至全球文化交流的推广者。2014年，她在法国接待了陕西"丝绸之路国际青少年风采大赛"获奖选手，协助中方在巴黎举办美术作品展及颁奖活动，为推动中法青少年文化交流而奔波。2015年，在她的积极推动下，法国经济社会环境理事会邀请全国妇联、陕西省妇联组团赴巴黎参加"中法妇女与水资源"

环保研讨会。中国妇女代表团同法国妇女代表围绕妇女与水资源利用保护、妇女创业等议题开展对话、交流经验，实地了解法国在相关领域的先进理念与实践，两国妇女组织也由此拓展了合作渠道。2017 年，在西安，她受聘为"国际青年绿色创新设计联盟"理事长。

让更多妇女加入"一带一路"大合唱

2017 年 5 月，陕西省妇联与法国"爱和"组织共建了法国首个"丝绸之路妇女之家"。这是陕西省妇联联合国内外各界资源打造的旨在推动妇女开展文化交流、促进创业创新的平台。贝尔纳博不负众望，积极发挥作用。在她的领导下，法国"丝绸

▲ 陕西省妇联与法国"爱和"组织共建"丝绸之路妇女之家"

之路妇女之家"表现突出，为在其他国家推广这一思路做出了示范。同年 7 月，在贝尔纳博的组织推动下，法国参赛设计师积极参加了由陕西省妇联主办的首届丝绸之路女性创新设计大赛，并获得绿色生活类二等奖；2018 年 5 月，贝尔纳博与法国古老城市丰代泰市副市长一行五人来到西安，参加第三届丝绸之路国际博览会，并出席"指尖上的丝绸之路——国际女性手工艺发展论坛"和"第二届丝绸之路女性创

新设计大赛启动暨合作签约仪式"。在贝尔纳博的参与推动下，咸阳市政府与法国丰代泰市签订了友好合作意向书。

2019 年 4 月，应全国妇联邀请，贝尔纳博来华出席第二届"一带一路"国际合作高峰论坛，接受了多家媒体联合专访。5 月，她再次赴西安，出席第四届丝绸之路国际博览会，并积极促成"丝绸之路女性创新设计大赛"与法国、土耳其、拉脱维亚等国妇女组织的联络与合作。通过像她这样的友好使者，更多"一带一路"沿线国家的妇女了解了丝绸之路，参与到"一带一路"建设中来。

七年来，贝尔纳博女士一直在"一带一路"沿线国家播撒着友谊和爱的种子，为她的梦想和众多妇女的梦想而努力。她走访了丝绸之路沿线十余个国家的近 50 个妇女组织及环保机构，举办讲座，接受媒体采访，宣传"一带一路"倡议，推动妇女环保行动。推动丝绸之路沿

▲法国丰代泰市与陕西咸阳市签订友好交流和项目合作意向书

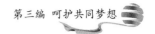

线国家的友好交流不仅给贝尔纳博女士带来了更多希望和自信，也得到越来越多国家有识之士的认可和支持。如今，她已经不是一个人在路上，而是在和一群人书写"一带一路"的女性传奇。她的梦想正在实现，她的传奇还在继续。

（陈小江　蔡琳）

彩虹让人生更美丽

　　2015年，尼泊尔大地震破坏严重，大量当地民众流离失所。甘肃彩虹公益社的工作人员第一时间赶到灾区，为当地民众提供帮助，他们之间发生了许多感人的故事。让我们听一听尼泊尔小伙子马丹讲述自己如何从一名被救助的灾民转变为帮助他人的"彩虹人"吧。

遇见彩虹，是幸运也是缘分

生活像一艘行驶在海面上的大船，它永远不会像我们所希望的那样一帆风顺，风浪的击打时常会发生。就好像我曾以为有了工作和我需要的东西之后就可以过自己安稳的生活，直到 2015 年 4 月，尼泊尔那场大地震瞬间让我的生活陷入困境。

2015 年 5 月 14 日，劫后余生的我们被直升机带到了加德满都郊外的森林，身体和精神上遭受的打击让我们都非常恐惧。我们没有钱，没有衣服，有限的食物和水还需要分给 600 多位村民，到了晚上只能露天睡觉，蚊虫叮咬严重。就这样，我们在森林中艰难地生活了四天。5 月 19 日，中国人道主义组织彩虹公益社犹如天使般降临，他们将我们转移到巴克塔普尔的一个营地，为我们提供了食物、帐篷、垫子和毯子，为孩子们带来了衣服。地震造成的灾害十分严重，需要救援的

▲马丹（右一）和彩虹公益社同事

人越来越多。作为一名年轻人，我也希望像彩虹公益社的工作人员那样去帮助我的同胞们。

成为彩虹，为他人架起爱之桥

在我的强烈请求下，我被安排为彩虹公益社的营地管理人员，和彩虹公益的同事一起负责水、食物的供应等，同时，协助处理健康、教育、卫生、安全、媒体等事务。从朝阳升起的清晨到月光如洗的深夜，我们忙得不可开交。我希望通过我和同事们的工作，可以给灾民送去温暖，带来精神上的慰藉，让他们的心情逐渐好起来，缓解地震破坏带给他们的痛苦。对我而言，住在营地的1087个人都是我的家人，帮助这里所有的人过上平静的生活是我的义务。我们会尽全力去帮助他们渡过难关。

不久，村民们返回了家乡。彩虹公益社的浩浩、弥子还有罗晗主动提出，要和我一起回我们居住的山村。回到家乡，随处可见垮塌后的山体、被石头砸坏的车辆，还有碎石经常会从山上掉落下来。彩虹公益的同事们冒着危险，想方设法去帮助当地的孩子，令我深受感动。

在考察一所学校时，了解到由于学校地理位置偏远，那里的学生们能接触的资源非常少，为了让孩子们可以学到更多的知识，彩虹公益社为学校搭建了一间电影教室，还根据需要为孩子们购买了书包、文具等学习用品。"再苦不能苦孩子，再穷不能穷教育"，我们希望能让孩子们见识到更大的世界。

▲马丹在给中国学生上课

循着彩虹，寻找更广阔的天空

2017年6月，彩虹公益社邀请我去中国。这是我第一次到中国，特别兴奋。蓬勃发展的中国，热情好客的中国人，都给我留下了非常深刻的印象。在兰州，我和彩虹公益社的同事们一起工作，更加深入地了解了彩虹公益社是如何服务乡村儿童的。

随着中国"一带一路"倡议的提出，彩虹公益社开始探索以"一带一路"为纽带，与尼泊尔民间进一步开展交流合作。最后他们选择在尼泊尔开展儿童救助、儿童发展、青年交流和社区教育等多个项目，帮助有需要的尼泊尔儿童和家庭，促进中尼民间交流。作为彩虹公益社的一员，能够帮助更多自己国家的儿童使我深感荣耀，我深深感到自己肩负着一份沉甸甸的责任。同时，我也希望继续为尼中友好贡献

▲彩虹公益社为尼泊尔大学生进行培训

自己的一份力量。

　　爱无国界，我们将继续弘扬公益情怀，播撒爱的种子。我们是一群幸福的"彩虹人"，因为我们在服务他人的同时，也收获了生命中的成长和欣喜。正如一句俗语所言：赠人玫瑰，手有余香。目前，越来越多的尼泊尔年轻人加入了彩虹公益社，我很开心。我相信，这些年轻人将在尼泊尔传递和分享爱的理念，将尼中友好的传统发扬光大。

（马丹）

心系民生福祉

　　"'一带一路'建设是伟大的事业，需要伟大的实践。让我们一步一个脚印推进实施，一点一滴抓出成果，造福世界，造福人民！"

　　——习近平主席在第一届"一带一路"国际合作高峰论坛开幕式上的演讲（2017 年 5 月 14日，北京）

跨越7500公里的爱与奔跑

　　什么样的旅程最刻骨铭心？什么样的情谊最打动人心？跨越7500公里的"补心"之旅，中国医生亲人般的陪护，无数个感人温暖的瞬间，这份生命的馈赠给了一个普通的阿富汗男孩生的希望，跨越国境的无私与大爱，在他心中生根。

"伤心"的男孩

比拉尔·沙菲克，是一个来自阿富汗霍斯特省的小男孩。小时候他最喜欢和小伙伴们在巷子里追逐打闹，本该度过一个无忧无虑的童年。但四岁那年的一天，比拉尔突然昏迷，后被确诊患有先天性心脏病。"先天性心脏病"，年幼的比拉尔还不会拼写这个词，却已饱受疾病带来的痛苦。这是一种对婴幼儿生命健康造成严重威胁的疾病。三到六周岁是多数先天性心脏病患儿发现病情的年龄段，也是手术纠治的最好时期。随着年龄的增长，多数患儿的并发症会逐渐增多，病情也会逐渐加重。

比拉尔就是这样，他的病情逐渐恶化，开始频繁出现晕厥等症状。不外出看病的时候，比拉尔只能乖乖呆在家里，坐在窗口眼巴巴地看着小伙伴们玩耍。他最常听到的一句话就是妈妈的嘱咐："儿子，不要跑，保护好你的心脏。"活泼与好动的童年，再也不属于比拉尔了。

比拉尔生活在历经战乱的阿富汗，各种医疗资源短缺是可想而知的。主治医生向比拉尔的父亲阿希姆发出了一张"目前条件下无法进一步治疗"的通知单。对比拉尔来说，当时唯一的出路就是出国接受手术治疗。然而，为了给孩子看病，阿希姆一家辗转奔波，已经穷困潦倒，根本无力支付高昂的出国手术费用。对此，阿希姆夫妇一筹莫展。

四处求助却屡屡碰壁，无奈之下，阿希姆夫妇把希望寄托在阿富汗红新月会救助上。但是，红新月会登记的先心病患儿已经超过7000名，这让夫妇俩几乎丧失了信心。或许，等待他们儿子的只能是最坏的结果。

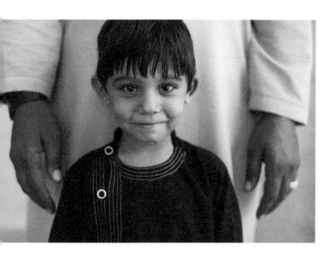

▲2017年8月，等待筛查的比拉尔站在父亲身前对着镜头微笑

仁心的眷顾

2017 年 8 月，比拉尔的命运出现转机。中国红十字援外医疗队跨越 7500 公里，从北京飞往阿富汗首都喀布尔，对集结于此的阿富汗各地先心病患儿进行免费筛查。

刚接到筛查通知的那天，阿希姆夫妇有些犹豫。此时距离比拉尔被确诊已有三年，漫长的等待已经让他们心灰意冷，况且日渐赢弱的孩子也经不起路途的奔波。阿希姆仍记得当时的心境："中国，是一个什么样的国家？这个陌生的东方大国，是否真的能挽救我儿子的生命？""实际上，我和我周围人的生活同中国似乎并无交集，我们也很少主动去了解这个国家。"

通过阿富汗红新月会，阿希姆了解到，中国红十字基金会在先心病儿童筛查救治领域拥有十多年经验，援外医疗队将从登记的贫困先心病患儿中选出 100 名，带他们去中国接受手术治疗。"医疗队这次带来了中国顶尖的儿童先心病专家团队，这是一次大规模的跨国救助行动，我们应该去试一试！"终于，阿希姆夫妇重拾信心，带着比拉尔前往喀布尔。

真心的救助

在医院，比拉尔见到了很多黄皮肤面孔的医生，说着他听不懂的语言。医院里随处可见大大的红色"十"符号，还有很多跟他一般年纪的小朋友。比拉尔躺在检查台上，好奇而又紧张地打量着给他做检查的医生。虽然语言不通，但是医护人员弯弯的笑眼让比拉尔感觉不再陌生，反而格外友善。

在翻译志愿者的帮助下，阿希姆夫妇进一步了解了儿子的病情。经过筛查，比拉尔被确诊患有主动脉瓣狭窄、二尖瓣中度狭窄并轻度关闭不全。按照"优先救济最紧迫者"的原则，援外医疗队确定比拉尔为首批 100 名患儿之一。

▲中国红十字援外医疗队医生正在为比拉尔进行先心病检查

检查结束后，阿希姆夫妇又喜又忧。喜的是期盼已久的手术治疗终于近在眼前，忧的是要带儿子去一个从未踏足的国家，在那里面对更陌生的环境和医护人员，让儿子接受生死的考验。去还是不去，阿希姆夫妇刚开始很为难，"我们没有钱，不懂怎么出国，甚至没坐过飞机，要怎么才能带着儿子顺利出国呢？即使到了国外，如果遇到困难怎么办？"

"后来，医疗队的工作人员告诉我们，从购买机票到办理护照和签证，红新月会将全程提供帮助。我们完全不必有顾虑，只需要好好照顾比拉尔就行了。"阿希姆夫妇心情激动地回忆道，话语里充满感激。

最终，在医疗队队员的陪同下，比拉尔和父亲，以及其他一行20名患儿和家长顺利登上了飞机，飞过喀喇昆仑山脉，来到了中国。

"补心"的天使

在中国医院，阿希姆欣喜地见证了儿子与医护人员建立起亲人般的情谊。在医护人员眼里，比拉尔个子不高、皮肤黝黑。"你不知道他是被晒的、吹的还是战火熏的，"一位医生说道，"早历沧桑，让他的眼睛可能没有一般孩子那样透亮，可你更能感受到他眼神中那股子想要活下去的渴望和坚持。"比拉尔从开始的羞涩，到大大方方地和医护人员做游戏，他发自内心地喜欢上了这里，甚至学会了几句简单的中文——"你好！""谢谢！"，还学了个新单词——"C-H-I-N-A，CHINA，中国！"

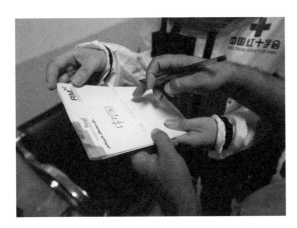

▲阿富汗医生向中国红十字援外医疗队队员展示
自己写的"中国"二字

全面检查后，专家组进行联合会诊，很快就制定了手术方案。手术进行时，护士们陪着阿希姆守候在手术室外。回忆起那天的情景，阿希姆仍历历在目，"儿子被推进手术室那一刻我很紧张。我一个人远在中国，最亲最近的儿子躺在手术台上，我不知道手术是否会成功。但我相信，这就是我儿子的命运。中国医疗队跨越万里选中比拉尔，把他带回来医治，这是他与中国特殊的缘分。我相信手术一定会成功，

▼医护人员正在安慰术前因紧张而哭泣的比拉尔

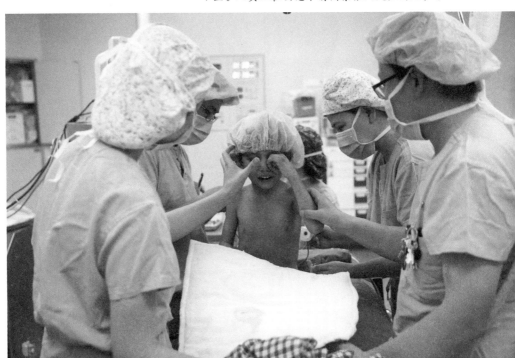

我的儿子一定会安然无恙。"手术持续了四五个小时，取得圆满成功。比拉尔睁开双眼的那一刻，阿希姆心头的一颗石头终于落了地。

中国医生精湛的"补心"术，让比拉尔重获新生。

在医护人员的悉心呵护下，9月下旬，比拉尔顺利康复回国。这个阿富汗霍斯特省的平凡家庭，在经历过无数次的忧心忡忡甚至绝望后，重新收获希望。

爱心的回馈

经过近两年的康复，在2019年年初的回访中，比拉尔已经能够跟

▲术后的比拉尔顺利康复，即将出院

小伙伴们一起在户外踢球跑闹了，再也不是原来那个跑几步就气喘吁吁的孱弱小孩。因为这段特殊的际遇，"中国"对他也早已不是陌生的字眼，而是一处充满温情的希冀之地。

"我们的儿子在中国拥有了第二次生命，我们一家都因为中国焕发新生，中国是我们的第二故乡。"阿希姆夫妇依然关注中国医疗队在阿富汗开展的救治工作，"像我们这样被帮助的家庭还有很多很多，能与中国结下这样的缘分，我们终生难忘。希望儿子能够健康成长，有机会再去中国帮助更多的人，回馈这份用生命凝结的情谊。"

在比拉尔的心中，疾病的痛苦早已被抛之脑后，在中国那段时光成为了一段珍贵的记忆。"我好开心，可以和小伙伴们一起玩耍啦！"对着镜头，比拉尔略带羞涩地表达自己的愿望，"长大以后，我想到中国去留学，我也要当一名医生！"

（叶如柳）

一粒稻种播下的中布友谊

布隆迪，一个位于非洲中东部的国家，世界上最不发达国家之一。作为一个农牧业国家，布隆迪国内生产总值近四成来自农牧业，但基础设施落后，农业生产效率低下。2015年，中国援布隆迪高级农业专家杨华德带领他的团队，来到布隆迪，将中国的杂交水稻带到东非大陆，开始改变这里水稻种植的面貌，也将中布友谊扎根在广袤的东非大地上。

中国种子落地非洲

2015 年，刚刚到达布隆迪的杨华德和他的团队两眼一抹黑，因为没有任何现成的基础数据可供参考。于是，杨华德带领团队开始了全国范围的调研。他们用了整整两个月，几乎跑遍了整个布隆迪。最后，在多轮实地考察、数据分析的基础上，他们得出结论：可在这里的土地上种植水稻！这个看似平常的建议在布隆迪却显得格外另类，因为布隆迪当时稻田平均亩产只有 400—500 斤，产量低、效益差，是公认的"赔本生意"，农民的种植积极性很低。他们的建议，当地人能接受吗？

为了给布隆迪的农民朋友一个满意的答案，杨华德和他的团队在接下来的几年时间里付出了艰辛的努力，克服了一个又一个难以想象的困难。

首先是品种。当地没有优质高产的水稻品种，也没有听闻开展过任何相关的示范试验。杨华德一方面从四川引进优质水稻品种，一方面在布隆迪开展种植试验、推广示范项目。专家组开辟了四个示范点，并连续进行了三期示范工作，其中"川香优 506"示范田亩产达到 1400 斤以上，"Y 两优 900"亩产更是高达 1800 余斤，是当地平均产量的三倍多，创造了非洲水稻种植的记录。

示范田让当地农户尝到了甜头，也使布隆迪各方看到了水稻增产的巨大潜力。也许，这个"赔本生意"还真有点赚头呢！随后，在布方的积极配合下，杨华德和他的团队扩大了水稻示范种植规模，布隆迪政府加快了对中国杂交水稻的认定步伐。2018 年 3 月 29 日，"川香优 506"审定结果公布，成为在非洲率先获得国家颁证的中国杂交水稻品种。随着布隆迪将中国杂交水稻示范成果列入"2018 国家发展重大成

就"，中国的种子已经在非洲大地落地生根，下一步杨华德团队要做的就是进一步推广优良品种，使之造福更多非洲民众。

"致富稻"让村民富起来

2018年，杨华德和他的团队来到林格四村。这次，他们要把试验成果转化为实实在在的生产力，要把林格四村打造成依靠种植水稻走出贫困的示范村。

"因为见证了试验种植的高产成果，当我们来到该村召开动员大会时，村民们自发地载歌载舞欢迎我们。村民们的真诚与淳朴让我们深受感动，我们暗下决心，绝对不能辜负他们的期待与信任。"杨华德说。

于是，杨华德团队给自己立下了"军令状"：不让林格四村村民富起来，绝对不出村！在杨华德团队的专业指导和村民的悉心栽培下，

经过五个月的努力，第一季"川香优506"不负众望，取得了令人瞩目的成绩。林格四村134户水稻种植户户户增产增收，户均收益大幅增加，全面解决了吃饭问题。农户们有了余粮，曾经失学的孩子也重返了校园。村里有十多户种植大户建起了二层楼房，有的还买了土地、买了牛。林格四村第三个种植季开始后，更多的农户筹划着未来。村民们过上好日子的同时也没忘记中国的专家们。杨华德看着村民们脸上洋溢的笑容，也笑了，一切辛苦与付出都是值得的。

在丰收的田间，杨华德总会问农户们同样的问题："基金的钱交了吗？有什么困难吗？"大家都会爽快地回答："交了！没困难！"原来，这是杨华德和他的团队为了保证农户种植的可持续性想出的办法，即农户们将上一季收成所得的一部分作为"生产性投入基金"存入设在布隆迪水稻协会的账户，主要用来购买下一季的种子、肥料等农资。

▼示范村一片丰收景象

杨华德说，建立基金就可以让农户自觉自愿地投入生产，从而保证粮食种植的可持续性，解决农民的吃饭和生存问题。"通常情况下，让当地民众交钱是件非常困难的事情，但农户们交基金却积极踊跃，这说明他们是真心信任我们，真心相信种植中国的杂交水稻会改善他们的生活。"

"你们创造了奇迹，我们看到了希望，这坚定了我们对布中合作发展的信心！"2019年3月，布隆迪农牧部部长德奥·吉德·鲁雷马高度赞扬中国专家团队，并为杨华德本人颁发了"突出贡献奖"。

"中国专家改变了我的人生"

2019年7月，布隆迪政坛传出一个爆炸性新闻，一位年仅30岁，曾大学毕业三年失业在家，无钱、无背景的农民后代被总统任命为内政及发展部发展司司长。要知道，当地很多留学归国的硕士生连工作

▲示范农户以前破旧的房屋

▲示范农户即将完工的新房

都没着落。这个年轻人就是杨华德的学生恩达·伊克基。

2016年，他偶遇杨华德，因为天资聪慧，语言能力强，备受杨华德赏识。杨华德把他作为首位农民技术员培养，手把手教他学技术、学管理、学群众工作经验，培养他的观察能力，提高他的综合能力，使他成为农民技术员负责人。

在杨华德的鼓励下，伊克基种植的杂交水稻从最初的一公顷增加到后来的六公顷，每公顷纯收入500万布隆迪法郎（约合1.87万元人民币），是传统水稻的五倍多。伊克基因此成为国家励志创业典型和青年领军人才。伊克基说："中国专家改变了我的人生，也改变了我的人生观。我永远不会忘记中国专家的培育之恩。我第一个孩子的姓氏随我的师父，姓杨。"

在中国参观学习期间，伊克基专门购买了法文版《习近平谈治国理政》。他说："中国改革开放的成功经验很值得我们学习借鉴，中国提出构建更加紧密的中非命运共同体的理念，让我们对伟大的中国更加推崇。"

越来越多像林格四村村民的布隆迪农民因为种植中国水稻过上了好日子，越来越多像伊克基这样的年轻人因为掌握种植技术改变了自己的人生。在布隆迪落地生根的不止是中国的杂交水稻，中布友谊的种子也早已开花、结果，非洲辽阔大地正见证中非命运共同体理念下一个又一个生动的实践。

（王静 周敏）

用爱点亮希望之光

　　细微的光芒一点一点进入眼帘，患者脸上不由自主地露出笑容，像一股暖流慢慢滋润着心田。中国华侨公益基金会的"光明行"，给缅甸患者带来了光明，照亮了"一带一路"沿线民众的心。

丝路情 光明行

2018年12月1日上午10时,"一带一路·侨爱心光明行"揭纱仪式在缅甸曼德勒僧侣医院举行,这已经是中国华侨公益基金会的"光明行"第五次走进缅甸。

缅甸共有5000多万人口,其中白内障患者就达30余万人。但当地医疗设施落后,眼科医生奇缺,全国仅有300余名,一年最多能实施白内障手术十余万台。限于当地经济状况,很多白内障患者,特别是农村地区的患者根本没有条件就医。针对这种情况,中国华侨公益基金会发起"一带一路·侨爱心光明行"救助项目,为缅甸家庭贫困的白内障患者进行免费手术。

▲中国侨联主席万立骏为缅甸患者揭纱

▲爱尔眼科昆明医院杨建宇医生顶着高温为患者复查

2016年11月16日,"一带一路·侨爱心光明行"启动仪式在内比都眼耳鼻喉专科医院举行,时任缅甸总统吴廷觉等出席启动仪式。他握住中方医护人员的手说:"'一带一路·侨爱心光明行'是

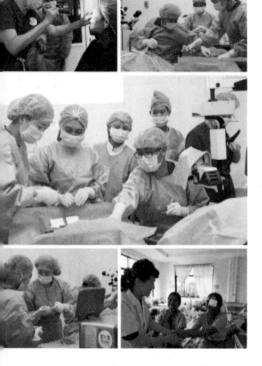

▲中国国际医疗队医务人员为
缅甸患者做检查和手术

对已经十分牢固的缅中友谊的进一步强化！"

时间如白驹过隙，两年很快就过去了，"一带一路·侨爱心光明行"已经为1000多名缅甸贫困白内障患者实施了免费复明手术。"光明行"不仅让白内障患者重获光明，也让两国人民更加亲近。

做实事　担使命

华侨公益基金会理事长乔卫回忆说："在揭纱仪式上，当我揭开蒙在患者眼上的纱布时，那位缅甸老妇人睁开眼睛，激动地对我说：'谢谢你，中国！'缅甸曼德勒梯桑眼科医院主办者吴温达大和尚也主动过来握着我的手，用英文重复了这句话：'谢谢你，中国！'那一刻，我真切感受到了，我们为习近平总书记倡导的民心相通做了件实事。"

在众多白内障患者中有一位小患者最让人难忘。小男孩才三岁，可是什么都看不见，即使妈妈就在面前，他也只能用双手去摸妈妈的脸，让人看了都觉得心酸。经过检查，小男孩被确诊为先天性白内障。虽然可以进行手术，但在简陋的条件下进行全麻，中国医疗队承担着很大的风险。经过反复论证，医疗队制定了周密的手术方案，大家克服困难，全力配合，最终顺利完成手术。

当第一次看见光亮和景物的时候，小患者害怕极了，不停地尖叫、哭泣，一听到妈妈熟悉的声音，立马就躲到妈妈的怀里，过了好一会儿才慢慢放松下来，开始好奇地看着周围的一切。看着这个孩子重见光明，所有人都感到很欣慰，觉得自己身上的使命更神圣了！

▲年仅三岁的小患者术后复明

送光明 暖民心

▲中国医生为来自仰光达美镇区的患者吴昂温揭纱

"如果不是中国医生，我的后半生只有与黑暗相伴了！"81岁高龄的吴昂温喜极而泣地说道。吴昂温以前左眼白内障，看东西一片模糊，右眼视力也不好，中国医疗队免费帮他做了白内障手术。

▲吴昂温术后开心地笑了

　　手术后，吴昂温左眼裸眼视力达到了0.8，较正常视力1.0只有轻微差距。对于一位耄耋之年的老人来说，只要视力能保证在0.8左右，已经可以满足正常的生活需要。"手术后一切都顺利，现在伤口恢复也非常好，打开纱布，透过眼部保护罩上的小孔能看清楚，真是太好了，太高兴了……而且一点也不疼。"吴昂温掩饰不住内心的激动与兴奋，一遍又一遍地向周围的人述说，泪水在眼眶里不停地打转，大家也由衷地为他感到高兴。

　　"此次活动对仰光地区的白内障患者来说，可谓是雪中送炭。身为一名医生，能够参与配合'光明行'而让世界变得更美好更精彩，

▲中国国际医疗队医务人员与患者合影

让各国人民更加融洽，我觉得特别自豪，'光明行'给我带来了最多的快乐。"迪德谷医院院长阿信·肯玛迪力灵伽亚高僧说。他盛赞"一带一路·侨爱心光明行"给缅甸带来了福祉，感谢中国医生的无私支援，也对中国"一带一路·健康丝绸之路"建设满怀期盼："我衷心地希望今后能举办更多类似的国际医疗援助活动，让更多缅甸人民得到帮助！"

（乌兰）

"来自熊猫国度的礼物"

　　书包、铅笔、彩笔，这些在中国学生眼里都是非常普通的学习用品，却是世界上某些地方孩子们梦寐以求的东西。一份"来自熊猫国度的礼物"不仅实现了他们的心愿，还改变了他们的求学之路。

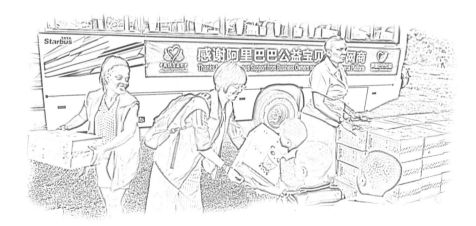

爱心包裹是什么?

莫格娜是尼泊尔拉格切米学校的小学生,由于没有书包,每天上学的路上只能将书本顶在脑袋上,不仅辛苦,而且不安全。每逢雨季,莫格娜总是要哭鼻子,因为只要一下雨,自己心爱的书本就会被淋湿,变得皱皱巴巴的,字迹也变得模模糊糊。

▲尼泊尔学生莫格娜

看到有些同学背着五颜六色的书包,莫格娜很羡慕,自己也很想有一个。但是家庭的负担已经够重了,懂事的她从来没开口要过书包。出乎她意料的是,2018年夏天,她竟然真的拥有了一个属于自己的书包。莫格娜清楚地记得那一天,中国扶贫基金会工作人员来到学校,给同学们发放了爱心包裹,让她和许多同学的求学生活从此改变。"谢谢来自熊猫国度的礼物,有了书包,再也不怕书被淋湿了。"莫格娜的话语中满是幸福和感激。

莫格娜收到的礼物来自中国扶贫基金会开展的国际爱心包裹项目,每个爱心包裹有书包、基础文具、美术用品、益智玩具、生活用品五大类105个单件。

爱心包裹项目始于2009年,本是致力于改善中国贫困地区农村小学生综合发展状况和生活条件。过去十年里,超过600万中国小学生受益。2018年年初,爱心包裹项目开始走出国门,在尼泊尔、纳米比亚、

缅甸和柬埔寨进行了试点。2019 年 2 月，中国扶贫基金会与阿里巴巴公益基金会共同启动国际爱心包裹项目，将爱心包裹发放范围扩大至乌干达、埃塞俄比亚、老挝等 11 个国家。几年来，数以万计的爱心包裹已经融入了"一带一路"沿线国家小朋友的学习和生活。

爱心包裹是一颗种子

2019 年 7 月，乌干达爱心包裹发放仪式结束时，一个男孩羞涩地将一封信塞到即将离开的中国扶贫基金会工作人员手中，随后便跑开了。工作人员打开信后，被孩子稚嫩的语言逗乐了，同时也被孩子的单纯明朗感动得眼眶湿润。

写信的孩子叫拜因扎·法得克，是乌干达东部马尤盖区布萨拉小学

七年级的学生。项目人员根据信的落款，从学生签收表中找到了这个孩子的信息。因为走得匆忙，没来得及留下拜因扎·法得克的照片，只记得他的笑容和所有其他孩子一样灿烂如花。

谢谢你们，虽然我不知道你们是谁。因为艾玛（工作人员英文名）不能告诉我你们所有人的名字。阿里巴巴是一位叔叔吗？我不太懂。我记得艾玛说是很多中国的叔叔阿姨给了我这个礼物。谢谢你们。老师告诉我们，因为我们来上学，所以我们才可以收到爱心包裹。如果我不上学，我就无法得到它。我会一直努力学习的。我希望有一天能去中国上大学。艾玛说，带着这个包裹去中国，很多人都会认出我。这是真的吗？那就这么定了！再次谢谢你们。

拜因扎·法得克

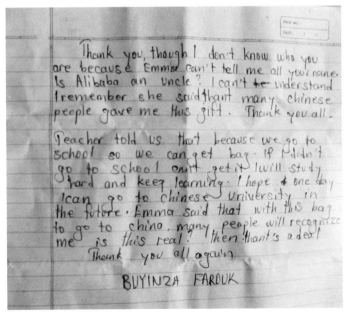

▲拜因扎·法得克写给中国扶贫基金会工作人员的信

▲乌干达学生打开爱心包裹

在每场发放仪式上，工作人员都会用通俗易懂的语言给孩子们介绍这份礼物来自阿里巴巴公益宝贝爱心网商的捐赠，解释线上捐赠的机制。对于没有接触过网络的孩子们来说，很难明白什么是网上交易，什么是公益宝贝。但这不妨碍这些天真活泼的孩子们记住阿里巴巴的名字，记住中国普通民众的爱心，记住这份礼物来自"熊猫的故乡"。

孩子们在拆开包裹时都会兴奋地叫出声，哪怕再拘谨的孩子也会情不自禁地手舞足蹈。国际爱心包裹的发放学校大多在偏远乡村地区，在那里，大部分孩子平时上学是用塑料袋当书包，几乎没有长铅笔，更不用说彩笔了。乌干达中部地区的布莱拉小学里，30%的孩子是孤儿，很多时候教师会用自己的薪水补贴这些孩子的学习生活。一所学校只有一袋彩笔，只能在上美术课的时候由老师使用。

爱心包裹送到学校后，有位老师激动地说："这个包裹对我们帮助太大了，很多学生都没有文具，这下我们可以把美术课从一个月一次调整到一周一次了！"

爱心包裹就像一粒粒爱与友谊的种子，播撒在孩子们的心中，慢慢地生根发芽。

▲乌干达孩子们领取工作人员发放的爱心包裹

爱心包裹是一根线

梦拉·达那是柬埔寨金边市诺立克小学四年级的学生。2019 年 5 月，他和同学们收到了来自中国的爱心包裹。发放仪式结束后，中国扶贫基金会工作人员注意到了他。其他孩子都已经散去，只有梦拉一人背着粉色的书包久久不愿离去。工作人员上前询问。梦拉说，他要把这个粉色的书包送给妹妹，所以想现在多背一会儿。看得出他自己也十分喜欢这个爱心包裹，有些依依不舍。不过，梦拉表示，虽然书包会送给妹妹，但里面的许多文具他都可以和妹妹一起分享，尤其是其中的画笔，他们兄妹俩可以一起用来画画。

缅甸莱达雅第三小学五年级学生林蕾·飘飘早在 2018 年试点发放时就收到了属于自己的爱心包裹。"那时候老师说我们会收到一个包裹，但是我完全没有想到这个包裹里有那么多礼物。"2019 年 8 月，当中国

▲梦拉·达那与中国扶贫基金会
工作人员共同绘画

▲林蕾·飘飘用爱心包裹里的彩笔绘画

扶贫基金会驻缅甸办公室工作人员对林蕾进行回访时，她说，"我从去年开始学习画画，最喜欢画大熊猫和香蕉"，一边说一边自豪地拿出她的绘画作品向工作人员展示。林蕾的妈妈告诉我们："收到包裹的那天，学校里所有的孩子都手舞足蹈地回家。我们真的很感激捐赠人能为孩子们提供这些学习和生活用品，因为家长每年需要花很多钱才能买到这些用品。"

爱心包裹就像一根线，将孩子们和家人的喜悦串联起来，每个包裹温暖的是一个孩子背后的整个家庭。

爱心包裹是一扇窗

苏尼塔·谢丝沙是尼泊尔奇得旺学校的一名小学生，喜欢画画的她很喜欢在纸上勾勒她眼中的世界。让她苦恼的是，虽然自己的家乡很美，但由于家境贫寒买不起彩笔，她的画只有两种颜色——黑色和白色。当中国扶贫基金会工作人员将爱心包裹送到苏尼塔手里后，她兴奋地拉着工作人员的手，从书包里找出自己黑白色的画，指着空白处说："这里应该是红色的！那里应该是绿色的！""以前我的画全都是黑白的，现在有了更多的颜色，这些画就有了生机，涂上颜色的过

程会让我觉得好开心。虽然知道中国是尼泊尔的邻国，但总觉得很远。现在，我真的想去中国看看，我也要用画笔画出中国。"

爱心包裹给孩子们的童年带去了一道绚烂的彩虹，也打开了一扇窗户，让他们能透过这扇窗看到更广阔的世界。

▲尼泊尔学生苏尼塔·谢丝沙正在欣赏爱心包裹里的用品

每一个爱心包裹里都有吉祥物"抱抱"送出的一张友谊卡：

亲爱的朋友：

你手中的爱心包裹来自熊猫的故乡——中国。爱心包裹长途跋涉来到你的手里，其中的每一件用品都经过精心挑选。希望这个包裹能够给你带来欢乐和幸福。希望爱心包裹让我们心灵愈加相印，两国人民友谊愈加深厚。祝你和你的家人幸福快乐！

抱抱致

正如这张友谊卡上所写的，小小的爱心包裹，不仅装载着书包文具和美术用品，更承载着爱心和祝福。

国际爱心包裹项目计划在2019—2021年向100万名"一带一路"沿线国家小学生送去爱心包裹。越来越多的小学生将会收到这份"来自熊猫国度的礼物"，他们的学习和生活也将因此变得更加美好。

（张申悦 黄晓岑）

取水少年和他的小毛驴

　　水是生命之源。近年来，素有"非洲屋脊"之称的埃塞俄比亚自然灾害频发，导致民众生活用水十分困难。2017年，爱德基金会了解到这一情况后，不远万里，为那里的灾民带去了一汪汪纯净甘甜的饮用水，也为他们增添了生活的希望。

▲连年的干旱，让索马里州的当地民众生活受到极大影响

埃塞俄比亚位于东非高原，近年来受气候变化加剧影响，自然灾害频发。埃塞俄比亚第一大州——位于其东部的索马里州，是灾情最严重、最集中的地区。连年的干旱，令以游牧为主业的索马里州民众生计受到极大影响。

"中国"——遥远又陌生

2017年，爱德基金会关注到索马里州灾情，第一时间派人前往当地调研受灾情况。索马里州法凡地区受灾尤为严重，许多村庄缺乏储水基础设施，且卫生状况堪忧，急性水样腹泻疫情在该地区频频暴发。

爱德基金会工作人员到一个村庄考察原有取水点时，遇到一个牵着

▲当地原有储水点水质堪忧

小毛驴来取水的男孩。男孩名叫伊德瑞斯，14岁。他告诉基金会工作人员，他家离这个取水点有三公里，每次取水都要顶着烈日走将近一个小时才能到达。"来取一趟水太不容易了，所以我只好每次都狠心地让我的小毛驴驮上整整八个水桶！每个水桶大概能装十升水。"伊德瑞斯说。然而，这样一趟艰辛的取水也仅够伊德瑞斯一家六口人维持两天。

正当伊德瑞斯跟基金会工作人员描述取水之难时，他的哥哥满头大汗地赶到了取水点，二话不说就舀起蓄水池里浑浊不堪的水咚咚直往肚子里灌。工作人员硬是没来得及拦住他。干旱炎热的天气，热坏了这个一路赶过来的小伙子。旁边的小毛驴见状，也赶紧往前凑，直接喝起了蓄水池里的脏水。

看到基金会工作人员吃惊的样子，伊德瑞斯无奈地解释说："政府发给我们的净水消毒片早就用完了，我们把这样的水拉回去，能做的就是把它烧开了再喝。但我哥哥刚才一路走来的确是太渴了，所以他才直接喝。"

伊德瑞斯还告诉基金会工作人员，因为每两天就要取一次水，所以每逢"取水日"，他下午就不能去上学了。"而且取水回家后，经常累得要休息好半天，休息完了之后天都黑了，就很难在家里学习了。"伊

德瑞斯说到这里，不禁有点难过。

"我们来自中国，是到这里来了解旱灾情况的。我们希望能够帮助你们改善饮水条件。"两个小伙子听了之后，腼腆一笑，没说什么——"中国"，对他们来说既遥远又陌生。可以看得出来，他们对中国人帮助他们"改善饮水条件"并没抱有多少期待。

"你们真好！中国真好！"

一行人调研结束后，爱德基金会立即行动起来，很快就筹集到了资金，启动了"活水行"项目，以解决法凡地区九个村落最迫切的饮水和卫生问题。伊德瑞斯所在的村庄，也在项目范围内。

"活水行"项目为受助村落提供大型储水箱，开辟专门的取水场地，派专人管理水的消毒、运输和分发，并开展用水安全教育，确保当地

▲少年伊德瑞斯和他的小毛驴

居民及时获取清洁的饮用水，减少传染病的扩散。

项目开展后，爱德基金会的工作人员再次来到新的取水点考察时，

▲ "活水行"项目启动后，在新的取水点再次巧遇伊德瑞斯

又意外遇上了伊德瑞斯和他的小毛驴。伊德瑞斯一边取水，一边迫不及待地表达自己的激动与喜悦——有了新的储水箱后，他再也不用跑那么远取水了。"而且新取水点的水质也非常好！"伊德瑞斯越说越兴奋，"对了，现在取水点离我家也近了，我再也不会因为取水而耽误上学和写作业了！"

"你们真好……中国，真好！"腼腆的伊德瑞斯指着储水箱上的爱德基金会标志说道。"我希望以后有机会去中国看一看！"说完，他朝基金会工作人员开心地笑起来，然后牵着他的小毛驴，向家走去，脚步轻盈而坚定……

对爱德基金会工作人员而言，这次遇见的伊德瑞斯，外表跟上次相比并没有什么明显变化，而不同的是，这次见到的他，眼神清澈明亮。这清澈明亮，源于那一汪甘甜纯净的饮用水，源于那份跨越万里的中非情谊。而伊德瑞斯这句纯朴的"你们真好……中国，真好！"也将激励着更多爱德人继续将中非友谊发扬光大。

（郑蔚 黄洁瑜）

第五编　传承民间友好

　　"国之交在于民相亲。正是有了这样一个个友好使者，架起了一座座友谊桥梁，打开了一扇扇心灵之窗，我们两国人民友谊才得以穿过历史长河、跨越浩瀚大海，历久弥坚，历久弥新。"

　　——习近平主席在印度尼西亚国会的演讲（2013年10月3日，雅加达）

中印友谊"医"脉相传

2019年7月21日，印度旁遮普邦卢迪亚纳市柯栋华针灸慈善医院热闹非凡，一派节日气氛。象征着欢乐与祝福的彩色丝带在院里随风起舞。本地歌手拿出看家本领，一曲曲印地语歌曲悠扬动情，引得路人纷纷驻足欣赏。医生护士们演奏起旁遮普独具特色的民族乐器，鼓乐齐鸣，一片欢歌笑语……

回顾过往，小针灸诉说深情谊

2019年7月21日这一天，印度旁遮普邦卢迪亚纳布柯棣华针灸慈善医院院长英德吉特·辛格先生激动万分。因为在他的努力下，今天，世界针灸学会联合会旗下的六名中国针灸专家抵达卢迪亚纳，将对印度医生开展为期十天的免费针灸培训。

辛格院长从事针灸40多年，虽已年过花甲，但仍精神矍铄。谈起中国针灸引入印度的过程，自豪之情溢于言表。中国针灸的引入和柯棣华针灸慈善医院的建立与印度援华抗日医疗队有一段鲜为人知的渊源。

▲辛格院长在加尔各答巴苏华大夫纪念委员会和针灸研究培训中心前

20世纪30年代，柯棣华、巴苏华等年轻印度医生带着印度人民的深情厚谊，不远万里，赴华援助，救死扶伤，帮助中国人民抵御外来侵略。其间，柯棣华大夫因病不幸逝世，将生命永远留在了中国。但他与巴苏华大夫等同伴在中国不畏艰险、救死扶伤的国际人道主义精神注定会成为中印两国友好交往史上永不磨灭的印迹，必将成为两国人民友谊世代相传的纽带。

1943年，印度援华医疗队完成任务后光荣回国。巴苏华大夫在援华期间对针灸产生了浓厚兴趣。1957年，巴苏华大夫再次访华，其间

▲印度援华医疗队全体队员在孟买合影。左起：木克华、卓克华、爱德华、巴苏华、柯棣华

鼻窦炎发作十分难受。在中国朋友建议下，他接受了针灸治疗，结果大大缓解了鼻窦炎症状，从此他迷上了中国针灸。1959年，他第三次赴华，专程向中国针灸专家学习，很快就掌握了针灸疗法。回印后，巴苏华大夫开始用中国针灸在印度治病，后来还达到了相当高的水平，并不断努力培养更多人学习针灸，其中就包括辛格院长。

辛格院长的父亲吉安·辛格·丁格拉先生对他日后人生道路的选择产生了决定性影响。1943年，印度援华医疗队归国时，老辛格曾受命迎接医疗队。这是老辛格第一次与巴苏华大夫接触，此后俩人则成了莫逆之交。在与巴苏华大夫的交往中，老辛格听到了很多援华医疗队的故事，深受感动。

老辛格不是针灸医生，但他希望自己的儿子能成为针灸医生，继承

援华医疗队的精神，用针灸传递印中友谊。在父亲的熏陶下，1972 年至 1975 年，辛格院长在加尔各答师从巴苏华大夫学习针灸。

1976 年，老辛格跟随巴苏华大夫访华，参加了中方举办的纪念柯棣华的活动。柯棣华的感人事迹，特别是中国人民对柯棣华医生的浓浓情意深深感染了老辛格。回印后，老辛格下

▲柯棣华

定决心要建立一个机构，弘扬援华医疗队精神，传递印中友谊，最终创办了柯棣华针灸慈善医院。

传承父辈衣钵，小针灸扮演大角色

医院创办之初，以全印柯棣华纪念委员会名义对外开展针灸治疗。但由于种种原因，其经营面临重重困难。印度民众不了解针灸，医学界也不支持针灸发展。当时印度政府并不认可柯棣华针灸慈善医院是医疗机构，视其为一般性社会活动机构，医院活动经常受到政府警告和限制。而且，当时医院条件非常简陋，只在卢迪亚纳市内有一间租来的房子，主要的设备由辛格院长自己动手制作而成，也很落后，最多只能算是针灸诊所。辛格院长说："当时父亲的不少朋友都劝我放弃针灸，然而针灸及针灸所承载的柯棣华精神已融入我的血液。"

　　为使人们了解针灸，辛格院长选择了六种适合针灸治疗的疾病（关节痛、关节炎、麻痹、哮喘、羊癫疯、脊髓炎）进行探索。事实证明他的策略是正确的。经报纸宣传，一些病人抱着试一试的心态前来就诊。辛格院长竭力诊治病患，被治愈的病人投桃报李，又向亲人朋友推荐针灸。中国针灸不仅疗效好，且费用低，辛格院长深信，针灸一定能够受到人们的欢迎。

　　1976年，旁遮普本地报纸上一篇以"不治之症不花一个卢比就治好了"为标题的报道介绍了辛格院长和他的针灸疗法，引起了当地社会对柯棣华针灸慈善医院的关注。1977年，柯棣华针灸慈善医院举办针灸研讨会，中国驻印度大使馆派官员出席。同年，中国报纸上以"针灸在印受欢迎"为题对辛格院长和他的医院进行了报道，高度赞扬辛

▲1978年，印度当地报纸报道柯棣华针灸慈善医院举行扩建庆祝活动

格院长及柯棣华针灸慈善医院的善行善举。

1978 年，一位被辛格院长治愈的患者向医院捐赠了一块土地。在此基础上，辛格院长对医院进行了扩建，设置了 20 个床位。时任旁遮普邦首席部长萨尔达尔·帕尔卡什·辛格出席医院庆祝活动时，称赞医院为"人民的医院"。

80 年代初，中国驻印度大使馆赠送柯棣华针灸慈善医院一批针灸书籍和设备，其中包括一台神经刺激仪器。1983 年，辛格院长访华并参加了中国举办的针灸研讨会，还从中国带回了更先进的针灸治疗设备。1984 年，辛格院长参加了在澳大利亚举办的第七届世界针灸学会联合会年会，并发表了演讲。1995 年，辛格院长再次访华，希望中国帮助印度开展针灸教育。随后，中国中医科学院派团访问印度，帮助柯棣华针灸慈善医院建立了针灸教育中心。

开创美好未来，小针灸承担新使命

进入新世纪，尤其是"一带一路"倡议提出后，针灸作为中医药的精髓，更加主动地走出国门，走向世界。伴随中医药国际化，中印在针灸领域的交流合作越来越紧密。

2018 年 9 月，辛格院长率印度针灸专家团访华；12 月，"中华文化讲堂——中医针灸讲座暨展示"活动走进印度，辛格院长向印度针灸医生讲解中国针灸最新理论和成果。2019 年 7 月 21 日，中国医生首次在印举办为期长达十天的针灸培训班。

如今，辛格院长已成为中国针灸领域著名的印度专家，经常收到访

▲2018年12月，辛格院长（左一）在印度新德里参加"中华文化讲堂——中医针灸讲座暨展示"活动

华邀请，中国针灸在印度也迎来新的发展契机。经过辛格院长等人的不断努力，以及中国驻印度大使馆的积极推动，印度政府于2019年正式承认了针灸的独立医学体系地位。针灸在印度获得独立医学体系地位赋予了印度针灸医生合法行医地位，表明印度人民对针灸的态度发生了质的变化。

今天的柯棣华针灸慈善医院已拥有70多名专业针灸医生、50余张病床，设有针灸科、牙科、医药室、保健室等部门，各类设备设施较为齐全，成为印度规模较大的针灸医院。

面向未来，辛格院长满怀信心和希望。他的两个女儿以及大女婿都是针灸医生。辛格院长说，柯棣华精神体现在两个方面：一是柯棣华

▲2018年，时任中国驻印度大使罗照辉考察柯棣华针灸慈善医院

医生赴华援助中国人民的国际主义精神，二是中国人民对柯棣华医生的感恩之情感动了印度。针灸代表了中国人民的医学智慧，也是救死扶伤、传递友谊的载体。柯棣华针灸慈善医院正是中印两国人民几千年交往的友谊结晶。

（张亮）

岩谷雅子的朱鹮情怀

2019年6月26日至30日，由陕西省政府新闻办公室、陕西省人民对外友好协会、陕西省林业局、汉中市政府主办，华商传媒集团承办的"友好之轮、和美世界——朱鹮文化展"在日本大阪隆重举行。素有"东方宝石"美誉的朱鹮从秦岭"起飞"，来到日本，向世界传递"和美"之声，激起那历久弥新的感人回忆，诵出那悠长朴实的跨国情怀。

邂逅美丽 美美与共

岩谷雅子是一位年逾古稀的日本老人。2019 年 6 月 29 日清晨，她像往常一样在长居公园散步，公园展板上的一幅海报深深地吸引了她。海报上，一只朱鹮展开橙红色的翅膀在碧空下飞舞。在美丽朱鹮的指引下，岩谷雅子来到了位于长居公园中的大阪市立自然史博物馆"朱鹮文化展"所在地。

在这里，她与朱鹮"邂逅"，并被它深深打动。从档案文献到实物资料，从珍贵影像到艺术作品，从珍藏多年的手稿到丰富的文创……眼前的一切无不让岩谷雅子感到震撼。她两天三次到访文化展，还冒雨为主办方和工作人员带来礼物表示感谢。雅子的行为感动了所有工

▼朱鹮文化展启动仪式

▲文化展工作人员为日本小学生讲解朱鹮的习性

作人员，感动了现场观众，也感动了中国朱鹮的故乡——陕西。

朱鹮，古称朱鹭，是亚洲东部特有鸟类。日本至今仍保留着"朱鹭"这一古称。看到中日两国文献资料中都有"朱鹭"的字样，雅子奶奶感慨道："这是我们两国共同拥有的名字！"

岩谷雅子原以为中国办的文化展讲的只是中国的故事，没想到现场还有很多来自日本、韩国的资料。比如，展厅中专门设立了一个朱鹮音乐台。观众戴上耳机，就可以欣赏中国的《朱鹭曲》、日本的朱鹮之歌《希望之翼》，以及韩国的童谣《朱鹮》。三国的艺术家对朱鹮进行了各具特色的表达和阐释，让岩谷雅子觉得，美好的事物都是相通的，只有美人之美，才能美美与共、和而不同。

失落精灵　共同守护

朱鹮是自然界的精灵。它们的繁衍生息见证着生态环境的变化。20世纪中叶以来，受生存环境恶化等因素影响，朱鹮几近灭绝……

1964年后，中国一度没有任何关于野生朱鹮的消息；

1979年，朝鲜半岛的朱鹮在板门店销声匿迹；

1981年年初，野生朱鹮种群在日本绝迹。

迈着沉重而缓慢的脚步，岩谷雅子看到了朱鹮曾经的失去，这一场失去，是国际社会特别是中日韩三国人民共同的切肤之痛，同时也促成了三国人民的反思与行动。

接下来，岩谷雅子看见了那场震惊世界的大发现：1981年5月，中国朱鹮调查组在历时三年、行进五万多公里、踏遍14个省份后，在位于秦岭深处的陕西省洋县姚家沟发现了当时世上仅存的七只野生朱鹮。

自此，保护朱鹮的新时代开启了。

讲述人类保护朱鹮故事的版块是岩谷雅子停留最久的地方——

为了朱鹮，洋县政府在重新发现朱鹮后的第四天就下发了保护文件，当地村民不再砍伐树木、不再使用农药化肥；

为了朱鹮，"牧鹮老人"刘荫增在发现朱鹮之后的30多年时间里，始终为保护朱鹮事业不遗余力地辛劳奔走；

为了朱鹮，四个中国年轻人住进被遗弃的农房，在山路崎岖、没有通电的姚家沟开始了半生的守护；

……

▲ 你好，朱鹮！

一件特殊的展品引起了岩谷雅子的注意：日本友人村本义雄在 1993 年送给中国的朱鹮木刻模型。模型惟妙惟肖，颇具神韵。这位日本友人是首位得到许可进入陕西省洋县朱鹮巢区的外国民间人士。

1970 年，村本义雄家乡的最后一只野生朱鹮被人捕捉。23 年后，他在洋县再次看到野生朱鹮时，不禁热泪盈眶。此后，他像走亲戚一样每年都到洋县考察。村本义雄本人并不富有，却为中国朱鹮保护捐赠了大批善款。为了募集资金，他经常将自己装扮成朱鹮的样子，在日本街头奔走呼号。

朱鹮送情　三国同好

保护朱鹮的人有国别，但保护朱鹮的事业没有国别。朱鹮，成为不同国家人民心意相通的情结。

文化展品中名叫"龙龙"的标本曾是岩谷雅子见过的第一只朱鹮。1994 年，中国出借朱鹮"龙龙"赴日。后来，"龙龙"在日本过世了。

次年，"龙龙"的遗体被制作成标本送还中国。本次展览，阔别日本24年的"龙龙"又回来了。为了看清楚"龙龙"的样子，岩谷雅子吃力地弯着腰，尽量靠近只有自己大腿高的标本。

除了出借朱鹮帮助日本恢复种群之外，中国还将朱鹮作为国礼赠送给日本和韩国。截至2019年，中国共向日本赠送七只朱鹮，向韩国赠送四只朱鹮。朱鹮带着中国人民的情谊，成为中日韩三国之间的友好使者。如今，日本的朱鹮已达500余只，韩国的朱鹮已达300余只。吉祥鸟朱鹮，正逐步回归中日韩三国的天空。

三个小时后，岩谷雅子依依不舍地结束了参观。她对工作人员说，过去以为中国的朱鹮和日本的朱鹮不一样。现在才知道，不但两国的朱鹮是一样的，大家对朱鹮的心也是一样的。以前自己只知道朱鹮，却不知道朱鹮背后还有如此多的感人故事。

在当天下午闭展前15分钟，工作人员又看到了岩谷雅子熟悉的身影。她提着两罐咖啡和一些饼干，缓缓走上前说："这是一点心意，自动售卖机只有两罐咖啡了，本来想给大家每人一罐的……"语气里透着一丝歉意。

她是特地来致谢的，"我要感谢主办方，感谢你们让我看到了这么美丽的朱鹮！我希望朱鹮给我带来好运，也希望朱鹮给你们带来好运！"说完，雅子深深地向工作人员鞠了一躬。

两次见面，第一次是相遇，第二次是感动。让工作人员没想到的是，还会有第三次相见。

6月30日，展览闭幕当天，大阪下着大雨。岩谷雅子提着七个大塑料袋，冒雨步行了30分钟，再次出现在大家眼前。看到衣服被淋湿

▲朱鹮文化展工作人员与岩谷雅子（左二）合影

的岩谷雅子，工作人员都禁不住流下了感动的泪水，"真是太意外了，实在没想到老人家能来第三次"，"朱鹮展感动了老人，老人感动了我们。虽然我们之间语言不通，但此时此刻，我们的心是相通的。"

岩谷雅子说："今天展览就要闭幕了，我无论如何都要再来一次。我上次数过了，你们有七个人。我为你们每人准备了一份礼物。里面有饼干，有巧克力，还有一些可以送给家人朋友的小礼物。知道你们很忙，一定没时间去买东西带给家人。"

岩谷雅子以前从事旅游工作，去过许多国家，但没有去过中国。她说，自己有生之年一定要到中国、到朱鹮所在的陕西走走看看。

这一幕打动了现场所有人。一位名叫林善姬的韩国女观众悄悄地在自动售卖机上购买了20多瓶水放在展台上。工作人员发现后立即上前

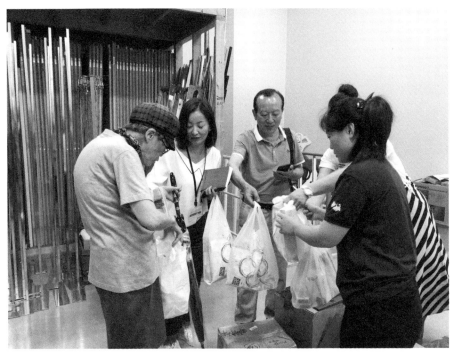

▲岩谷雅子（左一）冒雨为工作人员送来"问候"

感谢。这位韩国观众说，展览的确很精彩，她也想表达一下对主办方和工作人员的感谢。

朱鹮，飞越时光隧道，让年轻的面庞与异国被岁月洗礼的眼睛感动相对；朱鹮，拂过曾经的创伤，凝结着中日韩三国人民的情感；朱鹮，撷来幸福与吉祥，将三国人民紧密相连。

（龚凌燕 刘震）

有朋自北方来

2019年7月10日，在蒙古国首都乌兰巴托举行的中蒙建交70周年纪念大会上，巴特尔夫捧回了"中蒙友好贡献奖"奖章。奖章由中华人民共和国副主席王岐山亲自颁发，目的在于表彰长期以来为推动中蒙关系发展、增进两国交流合作作出突出贡献的友好人士。巴特尔夫上台领奖时，背景字幕也随着他的脚步变动，现场所有人都能清晰地看到几个大字——"蒙古国中国历史文化研究协会会长、汉学家巴特尔夫"。

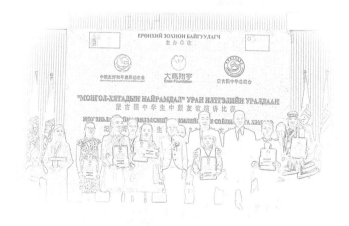

周总理的"铁杆粉丝"

　　一位蒙古国青年，何以获此殊荣？一切要从 2000 年说起。这一年，巴特尔夫第一次来到北京，初学中文，咬字还不甚清晰。他用新奇的眼光打量着北京的一切。2001 年 1 月的一天，巴特尔夫告诉中国朋友，他需要回蒙古一趟，因为 1 月 8 日是他父亲的忌日。"1 月 8 日吗？"朋友一脸惊讶地望着他，"你知道吗？中国有一位备受爱戴的伟人也是在这一天离世的。""他是谁？""中华人民共和国开国总理——周恩来。"这是巴特尔夫第一次听到"周恩来"这个名字，在这样的时间，以这样的方式，当时他认为这只是巧合罢了。

▼巴特尔夫在《人民总理周恩来》新书首发仪式上现场签售

从蒙古国回到中国后，巴特尔夫继续学习中文。他勤奋刻苦、努力上进，不仅重视语言学习和训练，还认真地学习中国文化，了解中国的风土人情，很快便成了一个"中国通"。

2014年恰逢中蒙建交65周年、《中蒙友好合作关系条约》签署20周年和中蒙友好交流年。中国国家主席习近平8月访蒙，巴特尔夫作为蒙方翻译也参与到这次重大外事活动中来。为了做好翻译工作，巴特尔夫查阅了大量有关中国援助蒙古、中蒙建交以及两国人民团结友好合作的文件。他发现，许多文件里都有一个共同的签名——周恩来。这时，巴特尔夫回想起许多年前无意间得知的与周恩来总理的缘分，想起朋友曾告诉过他这是一位深受中国人民爱戴的伟人，想象着周恩来总理签署促进中蒙两国友好交往文件的场景。

2016年，巴特尔夫决定对周恩来总理展开深入的研究。为此，他多次往返中蒙两国，多次探访图书馆、博物馆和档案馆，查阅了大量资料，进行了深入系统的研究。2018年，适逢周恩来总理诞辰120周年，巴特尔夫根据自己的研究成果，用蒙文编写了《人民总理周恩来》，书中收录了320张珍贵照片。该书一经出版，便在蒙古国引发强烈反响，掀起了一股学习周恩来精神的热潮。"现在很多想了解周恩来总理的人都会来找我。"巴特尔夫骄傲地说道。

在对周恩来总理进行深入研究后，巴特尔夫成了周总理的"铁杆粉丝"。

▲2018年，蒙古国中学生中蒙友谊演讲比赛合影（巴特尔夫，前排右三）

文化交往的助推者

2018年3月1日，巴特尔夫对这个日子一直记忆犹新。有位友人曾告诉他，中国有一个慈善基金会，是周恩来总理后人为传承总理精神而创办的。得知还有这样一个组织，巴特尔夫内心非常激动。经过多方联系，2018年3月1日，巴特尔夫把电话打到了北京大鸾翔宇慈善基金会理事长沈清的办公室。"当时我也不知道理事长别的联系方式，只好打到他的办公室，我是用酒店的电话打的，幸好他没有拒绝。"当被问及这段经历时，巴特尔夫脑腆地回答。正是这个电话，奠定了日后双方合作的基础。

巴特尔夫常向别人介绍说，"我是草原长大的普通牧民的孩子，也是一位青年汉学家"。巴特尔夫认为，要了解一种文化，首先就要学会它的语言。通过对周恩来总理的研究，他发现周恩来总理经常提到教育对一个国家的重要性。这催生了他在蒙古国举办中学生中文演讲比赛的想法。这个思路与北京大鸾翔宇慈善基金会"慈善助力'一带一路'，促进民心相通"的工作思路不谋而合。双方很快就如何增进两国友好情谊、促进文化交流展开了深入探讨与实践。

2018 年 9 月 22 日，由北京大鸾翔宇慈善基金会与中国友好和平发展基金会共同发起、蒙古国多家中国文化历史研究机构和学校参与的中文演讲比赛在乌兰巴托举行。参赛者以缅怀周总理、推动中蒙关系发展为主题进行了精彩演讲。为了促成这次演讲比赛，巴特尔夫在蒙古国各个部门之间奔走，不遗余力，做了大量工作。

"我希望蒙中两国文化教育领域的合作不要停下来，每年都要开展一些活动，"巴特尔夫真诚地说，"见到周总理的后人，知道一些中国伟人的后人投身到公益慈善事业中，我真的非常高兴。见到他们就像见到家人一样，是很亲近的。""蒙古国第一次中文演讲比赛非常成功，我特别激动。"在电话访谈中，巴特尔夫不止一次地表达自己促成合作的喜愉之情和希望继续合作的意愿。

友好关系的传承者

巴特尔夫致力于传承中蒙友好情谊、促进"一带一路"民心相通，努力让更多的蒙古国民众了解当代中国。近年来，他精心制作出版了《我们知道的和不知道的中蒙友谊》图册，主持翻译了《中国关键词："一带一路"篇》《习近平谈治国理政》《摆脱贫困》等著作，并不断拓展两国民间交流合作领域。

▲巴特尔夫翻译作品集

2019 年是新中国成立 70 周年，也是中蒙建交 70 周年，同时还是《中蒙友好合作关系条约》签

▼"风铃行动"公益慈善活动

署 25 周年。两国都在紧锣密鼓地筹备相关活动。8 月，北京大鸢翔宇慈善基金会与巴特尔夫合作在蒙古国开展了"风铃行动"，为当地听障人士提供帮扶。这是双方再次携手将中蒙交流活动拓展到医疗扶贫领域，被蒙古国纳入纪念中蒙建交 70 周年系列活动中。巴特尔夫也因为在传播中国伟人精神和增进中蒙友谊的工作中作出了重要贡献，在中蒙建交 70 周年纪念大会上被授予"中蒙友好贡献奖"。

在领奖台上，巴特尔夫从中华人民共和国副主席王岐山手中接过奖

▼大鸢翔宇慈善基金会理事长沈清（左一）和巴特尔夫（右一）在"风铃行动"行程中走访当地牧民家庭，赠送橙色书包

章,眼前又浮现出周恩来总理端坐桌前签署外交文件的场景。那个画面,一直留在他脑海里,萦绕不去……

有朋自北方来,不亦乐乎?随着中蒙共建"一带一路"合作的不断深化,未来将会涌现出更多像巴特尔夫一样的亲密的北方朋友,中蒙友好也将代代传承。

（杨玥璐）

"一带一路"师徒情

　　2016年3月，华新水泥股份有限公司在塔吉克斯坦"梅开二度"——第二条水泥生产线在塔吉克斯坦北部的索格特州建成投产。跨越不同的国度，跨越相异的文化，中塔员工相聚到华新。自此，"一带一路"建设让他们有了相同的身份、共同的目标。工作之中、闲暇之余，师徒之间的故事悄然上演，友谊画卷徐徐展开。

师徒结对"传帮带"，"新兵"变"精兵"

"工作中，我师父手把手教我，耐心讲解维修要领。现在我已经熟练地掌握了焊接技术，也能独立完成一些设备的维修工作，非常感谢师父。"说话的人叫巴赫杜勒，是一名塔籍员工。

巴赫杜勒与他的中国师父陈振元结缘于 2015 年 11 月。当时巴赫杜勒还是位于塔吉克斯坦北部的索格特州华新索格特公司的一名临时工，公司安排他给陈振元打下手。虽然语言不通，但他手脚勤快，做事从不"挑肥拣瘦"，总在师父需要帮忙时及时出手。几天的相处让陈振元对这个壮实的塔吉克小伙子留下了深刻的印象。后来巴赫杜勒参加招聘，成为一名正式员工。在公司人才培养计划的推动下，陈振元与巴赫杜勒结对成功，正式成了师徒。

由于语言障碍，

▲巴赫杜勒（右一）与师父陈振元（左一）签订师带徒协议

刚开始工作时，都是陈振元动手，巴赫杜勒在一旁看。为了能跟上工作节奏，巴赫杜勒开始自学汉语。慢慢地，他能听懂师父说的话，并能说简单的词汇，沟通变得容易起来，陈振元也开始教他维修技巧。

有一次，师徒俩对铁矿皮带秤下料筒进行整改，需要把下料筒底板割除后再焊接。当时天气很冷，还下着雪。陈振元正准备下到设备里去，没想到被巴赫杜勒一把拉住。他用生涩的中文说："师父，我下去，你在上面。"巴赫杜勒钻到下料筒里面清理积雪、割除铁板，一干就是两个小时，出来时衣服鞋子都打湿了。这让陈振元倍感心疼，同时也被徒弟的刻苦认真感动。在日复一日的相处中，陈振元手把手、毫无保留地传授他工作经验。师徒俩配合得越来越默契，感情也越来越深。

"师父很耐心，但有时候像老黄牛一样倔！"谈起师父的性格，巴赫杜勒咧着嘴笑着说。在巴赫杜勒眼里，师父陈振元对工作要求太"苛刻"了。每当发现巴赫杜勒有任何一点不规范的地方，陈振元都会毫不客气地指出来，直到巴赫杜勒改正为止。

严师出高徒。在陈师父的"调教"下，巴赫杜勒从一名"门外汉"成长为一名塔籍核心骨干。2019年的年修中，在没有师父帮助的情况下，巴赫杜勒独自带领三名塔籍员工对菲斯特秤进行了检修。整个拆装环节动作娴熟、一气呵成，检修完成后设备运行状况良好，巴赫杜勒得到大家的一致好评。

像陈振元和巴赫杜勒这样一对一结对子的师徒还有很多。原来很多重要岗位都是由中方员工承担，现在很多都已实现员工本地化转换。本地员工队伍技能水平不断提升。

工作中的师徒，生活中的朋友

"孙华平师父教我怎么使用电焊机、氧气，让我学会了很多技能。休息时我们一起打乒乓球、钓鱼。我没有钱买手机，他把自己用的手机送给了我。能交到这样的朋友我非常开心。"生产部塔籍员工穆扎法说，话语间毫不掩饰对师父的感激。

孙华平是穆扎法的中国师父。他根据徒弟穆扎法的性格、能力、岗位特点制定了具体培养方案，对他的观察思考能力、应急处理能力、团队协作能力予以引导，有针对性地进行"传帮带"，帮助穆扎法立足岗位、快速成长。穆扎法也没让师父失望。两年里，穆扎法从零基础、零经验起步，谦虚好学，越干越出色，还承担起管理外籍员工的职责，成为孙华平的得力助手。

孙华平不懂当地语言，对当地环境也不熟悉。穆扎法经常充当导游兼司机，带着孙华平出去逛街游览，让他了解塔吉克风俗文化。孙华平知道穆扎法家庭生活困难，经常给穆扎法物质上的帮助，还时常主动关心他的生活状况，为他排解生活烦恼，

▲运动会上孙华平和穆扎法师徒俩默契配合

在精神上为他加油打气。一起工作、生活的日子里，他们互帮互助，结成了工作中的好师徒、生活中的好朋友。

在 2019 年公司举办的春季运动会上，孙华平和穆扎法师徒俩双双上阵，参加了运乒乓球比赛项目。穆扎法蒙上眼睛，背着孙华平，听从师父的指挥，托举乒乓球，大步向前走……整个过程师徒俩默契配合，最终夺得第二名的好成绩，师徒俩高兴得拥抱在一起。这种信任与默契不是一朝一夕培养出来的，而是需要在日常工作与生活中，以诚相待、用心相交才能获得。

师徒携手，与爱同行

华新水泥一直秉承"扎根一方，就要造福一方"的理念，积极投身慈善公益事业。公司志愿者们在项目周边村庄开展扶贫慰问，走进戈壁滩清理垃圾，努力为造福当地百姓、保护生态环境尽一份力。

刚开始时，志愿者队伍中都是中国人。后来，在这种良好氛围的带动下，越来越多的塔籍员工也参与了进来。其中还有师徒结对参加的，如质控部的陆鹏飞和拉希姆。

2019 年 6 月，在塔吉克斯坦开斋节前夕，陆鹏飞和拉希姆带着面粉、白糖、食用油等生活物资，来到塔巴沙老兵阿卜杜老人家中进行慰问，这是师徒俩首次共同参加志愿者活动。陆鹏飞不懂塔吉克语，拉希姆就充当翻译，他们一起了解老人的饮食起居和身体状况，关心他在斋月期间的生活状况，并为老人送上节日祝福。事后问起拉希姆的感受，他说："当我和老人聊天时，他是那么高兴。他拉着我的手给我送祝福、

▲陆鹏飞（左一）和拉希姆师徒俩慰问困难老人

感谢我时，我感觉很快乐。原来帮助别人是这么幸福。以后我还要跟着师父多做好事，帮助更多的人。"在华新索格特公司，像这样的故事还有很多。公益之路上，师徒携手同行，用实际行动帮助弱势群体，将爱心播洒在塔吉克斯坦的大地上。

在"一带一路"沿线众多的中外合资项目中，像华新水泥在塔吉克斯坦生产线上这样的师徒还有很多。在他们朝夕相处的工作和生活中，一朵朵师徒友谊之花争相盛开，一颗颗两国人民友好之果丰硕满枝，将丝路装点得更加迷人。

（龚连娟）

寄情美丽中国，共话美好未来

　　2018年，扬州职业大学与柬埔寨暹粒省建立了友好关系，接收了第一批来华学习中文的柬埔寨留学生。其中，有一位名叫苏达的女孩，因为深深沉醉于中国文化的魅力，在结业归国前夕，用一封家书，对遥远故乡的亲人们，讲述了自己这段难忘的经历。经过苏达的同意，我们有幸看到了这封家书，让我们共同分享她浓浓的中国情结吧。

▲苏达（右六）和她的同学们

亲爱的爸爸妈妈：

你们好。

在中国，人们常用"别来无恙"问候阔别已久的亲人和朋友。在即将完成学习任务回到祖国之际，我想以中国的方式向你们表达我思念与激动的心情。时光匆匆而逝，这一年是我生命中最不寻常的一年。我仍然记得一年前告别故乡、离开你们时的依依不舍，然而此时，我将要离开中国，内心同样充满了深深的不舍之情。

中文"受益匪浅"这个词是对我在华留学经历最好的总结。我们也许都应该感谢中国提出的"一带一路"倡议，让你们的女儿有幸获得了无比宝贵的人生经历。在扬州职业大学的一年时光，我学习了中国传统文化，与中国同学们结下了深厚的友谊。我的中国同学们热情友好、细致耐心，带着我品味中国悠久的传统文化，帮助我体察中国的风土

▲苏达（右一）参与中国传统文化交流会

人情，我由衷地赞赏中国人民的善良友好、诚恳好客。

　　我平实寻常的人生经历，因为来到这里，真正拥有了时光的厚度。扬州职业大学给我的人生书写了最绚烂的一笔。在这个充满美好回忆的校园中，我曾得到许多老师和同学们无私的帮助。记得有一次在老师的办公室里，老师亲切地询问我最近的生活状况，来到这里有没有不适应的地方。当时，我看到一个小女孩趴在老师前面的一张办公桌上，穿着厚厚的衣服，沉沉地睡着了，原来她是老师的女儿。因为老师接完孩子后便到了与我约好的时间，来不及把孩子送回家就又开始了工作。望着小女孩可爱的脸庞，我的心里突然对这个国家和这里的人民充满了无限的感动与依恋。身在异国的我，被许多人关心着、爱护着，他们如同我的亲人和朋友，让我生活在一个充满爱的世界里。夜深了，老师才带着女儿回家，小女孩趴在老师的背上，渐渐消失在夜色中。我目送他们走远，就像目送家人一样。

　　正如你们所知道的那样，中国的许多城市都有着独特的风景和深厚的文化底蕴，扬州职业大学所在的地方也是如此。扬州古称广陵，如

果你们来到中国了解中华文化，一定会知道《黄鹤楼送孟浩然之广陵》这首著名的唐诗。扬州城内有中国人引以为傲的京杭大运河，它是世界上最长的人工河流，早在千年以前就已经存在。在这里，我每每穿过扬州古色古香的东关街，来到古老的运河旁，便可感受到中国流传千年的文化对我无声的震撼。当然，这种认知与感受也会源于一些瞬间的感动。当初学校和世界运河历史文化城市合作组织联合招募大运河环保志愿者的时候，我并没有当回事，心想，不就是清理一条普通的河嘛。但是，当我看到中国的同学们在河边一丝不苟地清除垃圾，不怕脏，不怕累，我被感染了，我加入了他们的队伍，同他们一起挥洒汗水。在这个过程中，看着团结一致的伙伴们，我似乎明白了中国

▲苏达（左一）与指导老师冷松

▲苏达参加世界运河历史文化城市合作组织活动

复兴崛起的原因。大运河对中国人来说也许不仅仅是一条河，而是象征着母亲的哺育，承载着未来和希望。她的奔流不息、勇往直前，不就像自古以来的中国人民一样勤奋刻苦、脚踏实地吗？同时我也想起了故乡的河流，在"一带一路"倡议的支持下，我们应该向中国学习先进的河道治理理念，用自己学到的知识建设祖国的大好河山。

在中国的一年里，令我印象深刻的不仅是中国人的精神品质和友好情谊、中国的秀美风光，还有其绚烂的文化。在老师和同学们的帮助下，我的中文水平突飞猛进，对中国文化的了解不断加深。博大精深的中国传统文化是数千年历史的沉淀、智慧的结晶。太极的玄妙、国画的传神、书法的风骨、戏曲的动人深深震撼着我。每一种新奇的体验都使我更加了解这个友好的国家，激励我在学习过程中努力成为一名"中国通"，将来成为柬埔寨与中国文化交流的使者。我相信，只要通过不

▲苏达拿着结业证书

懈的努力，这个愿望就一定会实现。

　　"举头望明月，低头思故乡"，这句对中国人来说如此简单的诗句，让我在离开故乡后体会到了其真正的含义。今天，我即将带着中国伙伴对我的祝福回到祖国母亲的怀抱，回到你们的身边，我想再登上瘦西湖二十四桥，望一望这中国南方的明月。亲爱的爸爸妈妈，请等待着你们的孩子，我将带着对中国的热爱与不舍，亲口向你们讲述我在这个开放、包容、友好的国家经历的所有快乐与感动。

苏达

2019 年 6 月 13 日

（冷松 孙志林 译）

图书在版编目（CIP）数据

"一带一路"民心相通故事汇. 第一辑 / 徐绿平主编. -- 北京 ：当代世界出版社，2020.11
　ISBN 978-7-5090-1106-5

　Ⅰ. ①一… Ⅱ. ①徐… Ⅲ. ①故事－作品集－中国－当代 Ⅳ. ① I247.81

　中国版本图书馆 CIP 数据核字（2020）第 102083 号

书　　名：" 一带一路 " 民心相通故事汇
出版发行：当代世界出版社
地　　址：北京市地安门东大街70-9号
邮　　编：100009
邮　　箱：ddsjchubanshe@163.com
编务电话：(010) 83907332
发行电话：(010) 83908410（传真）
　　　　　13601274970
　　　　　18611107149
　　　　　13521909533
经　　销：新华书店
印　　刷：北京中科印刷有限公司
开　　本：710毫米×1000毫米　1/16
印　　张：12
字　　数：129千字
版　　次：2020年11月第1版
印　　次：2020年11月第1次
书　　号：ISBN 978-7-5090-1106-5
定　　价：58.00元